実録都市伝説
～世怪ノ奇録

鈴木呂亜
黒木あるじ　監修

竹書房文庫

〜やはり奇妙な男、鈴木呂亜〜　黒木あるじ

こんにちは、黒木あるじです。

昨年、私の監修——とは名ばかり、編集者へ紹介しただけに過ぎないのですが——で、鈴木呂亜氏の処女作『都怪ノ奇録』が世に出ました。本書はその第二弾になります。

この——彼の常套句を借りれば——「あまりにも奇妙な本」があつかうのは、怪談ではありません。巷間でまことしやかに囁かれている噂の類、いわゆる都市伝説であります。彼は都市伝説の蒐集《しゅうしゅう》をライフワークにしている、あまりにも奇妙な男なのです。

(鈴木氏はなにやら拘りがあるようで、頑なに都市伝説と表記しないのですが、皆さんへ解りやすく本書の内容を伝えるため、敢えてそのように表現させてもらいました)

はじめて鈴木氏に会ったおり、私は彼のスクラップブックを拝見しました。そこには、新聞記事や雑誌の切り抜きは勿論のこと、世界各国のタブロイド紙や専門書のコピーまで、

ありとあらゆる怪しげな噂が貼られていたのです。おまけに本人いわく、このようなスクラップブックは合計で十数冊もあると云うではありませんか。

怪談実話を書いている身ですので「取り憑かれた」と標榜する人はこれまでにも何度か邂逅してきました。しかし鈴木氏ほど取り憑かれている人を私は知りません。なにが彼をそこまで駆りたてるのか――訊いてみたいような、訊いてはいけないような、複雑な心持ちです。


此処まで読んで、僅かにでも興味を持った方はぜひとも頁を捲ってみてください。私とおなじく、世界にはなんと珍奇な話が転がっているものだろうと感心するはずです。それと同時に、ネッシーや雪男やノストラダムスに胸を躍らせていた、幼い時分の記憶が甦るかもしれません。彼の本には、新しい驚きと懐かしい怪しさが詰まっているのです。最後まで読み終えて顔をあげたとき、目の前の風景がちょっぴり歪んで視えたならば、いままで気づかなかった世界のほころびを感じてもらえたならば、鈴木氏を皆さんの前に引きずりだした人間として、非常に嬉しく思います。

それでは、奇妙な物語の数々を楽しんできてください。

目次

学校の噂

ナレバさん

知人のお嬢さんから、最近中学校で流行っているという噂を聞いた。

「ナレバさんって知りませんか？」

日が沈んだ時刻に下校していると、異様な格好をした女に追いかけられるのだという。女は腰までの長髪で、民族衣装のようなワンピースを着ている。そして、手には三日月状の鎌を持ち、それを振りまわしながら襲ってくるのだそうだ。

この女から逃げるには、彼女の名前を呼んでやると良いのだとか。その名前というのが先に述べた「ナレバさん」なのである。

「隣の学校の子は鎌を口にねじこまれて、頬が裂けちゃったそうです。ヨソの中学校ではアソコを切られた男の子とか、なかには殺された生徒もいるって聞きました」

「ナレバさん」が近づくと携帯電話が圏外になったり、電源が落ちてしまうらしい。

そのため撮影や通報、ＳＮＳでの拡散は不可能なのだと彼女は教えてくれた。

「なんか電波を遮断する特殊な機械を持ってるらしいです。圏外って怖いですよね」

さて、この話をあなたはどのように感じただろうか。「口裂け女のパクリじゃないの」と思った方も多いはずだ。確かに「ナレバさん」は、一九七〇年代に日本全土を震撼させた「口裂け女」に特徴も行動も似ている。新味があるとすれば携帯電話が圏外になるという点だろうか（特殊な機械というのが、いかにも現代的なのだが）。

だが私はお嬢さんの話を笑えなかった。こんな噂を思い出したからだ。

一九九〇年、インドはカルナータカ州の農村地帯で奇妙な噂が流行した。深夜に異様な姿の女があらわれ、家々の戸をノックしてまわるというのである。この時うっかり開けてしまうと、その人間は死ぬと信じられていた。そのため、村人たちは戸口や家の壁などに「明日来る」という意味の言葉を書き、不在を装って女の襲来を避けたという。

騒ぎは一旦沈静化したものの、二〇〇六年にマディヤ・プラディーシュ州で再燃した。公的な記録にこそ残っていないが、誤ってドアを開けてしまい数名が死んだと伝えられている。そのためインドの農村には「明日来る」と書かれた家が珍しくないのだそうだ。

さて、この恐ろしい女を追い払う言葉は、ヒンディー語で以下のように記す。

「Nale Ba」

ナレバと読むのである。

まるきり無縁とも思えないのだが、これはどういう事なのだろうか。

世界の奇録

持ち出し厳禁

そこから草木や石を持ち出してはならない。

そんな謂れの残る土地をご存知だろうか。

柳田国男『禁忌習俗事典』には、伊勢産の縞模様をした［首切り石］の話が載っている。同書によれば、この石を持ち帰ろうとした者は首を切られてしまうという。

また、現在は城址のみが残る福岡城には、かつて［お綱門］という門があった。お綱という藩士の妻が怨みを残して死んだ場所といわれており、この門周辺の草木を採取すると祟られるため、いまでも草木の持ち出しが禁じられている。

ほかにも、世界遺産に登録された沖ノ島や伊豆諸島の神津島、沖縄久高島のイシキ浜や、兵庫の生島など「持ち出し厳禁」の場所は数多く存在する。

そして、この禁忌は日本国内だけとは限らない。むしろ海外のほうが、そのスケールも、災いが及ぼす効果も大きい。

ハワイでは「冷え固まった溶岩を島の外へ持ち出すと不幸になる」という言い伝えが、現在も強く信じられている。一説によれば、ペレーという女神の怒りに触れるのだとか。事実、ハワイのボルケーノ国立公園は持ち出された溶岩の返却窓口を設置しており、毎年多くの人間が、自身の不幸をつづった手紙とともに、溶岩を送り返してくるという。

二〇一七年五月の「ウォール・ストリートジャーナル」には、ハワイ州の国立公園から溶岩を持ち帰ったスティーヴ・パリソーなる男性の談話が載っている。

彼は休暇先のハワイ島で黒々と輝く溶岩を拾ったが、自宅に戻るなり息子が原因不明の錯乱状態に陥り、それが原因で妻とは離婚、実母も亡くなる災難に遭ったと語っている。

アリゾナ州の化石の森国立公園には〈良心の石〉と呼ばれる、珪化木《けいかぼく》（化石の一種）を山状に積んだ場所がある。

ここの珪化木はすべて、観光客が（採取は違法だと知りつつ）持ち帰ったのち、謝罪の手紙と一緒に返却してきたのである。つまり〈良心〉とは泥棒の良心なのだ。

これまでに届いた手紙はおよそ千二百通にもなる。なんと古くは一九三〇年代の物も存在する。

盗んだ直後、家族が交通事故に遭った、石を持ち帰ったその晩に原因不明のガス漏れが起き、家を手放す羽目になった、など内容はさまざまで、そのいくつかは（警告の意味を込めて）公園内の博物館に展示されている。だが、現在でも持ち出す者、そして返却してくる者はあとを絶たないという。

オーストラリア「キャンベラ・タイムズ」によると、国内有数の観光地であるエアーズロックには、岩を持ち帰った者を不幸にする「ウルルの呪い」というジンクスが存在する。この呪いによって、数多くの盗んだ岩が返却された。

これらは「謝罪の石」と命名され、ウエスタンシドニー大学では研究対象になっている。

ちなみに先住民のアボリジニは「大いなる災いが起こる」と信じて、一部の祭司以外がエアーズロックに登る事を認めていなかったという。現在も一部は立ち入り禁止だ。

古代都市遺跡・ポンペイの発掘調査に携わる考古学者マッシモ・オサナ氏のもとには、遺跡から盗難されたタイルやフレスコ画などが、毎年百個以上も返却されている。盗品の多くは「盗んだために呪われた」という主旨の手紙が添えられており、なかには「家族もろとも不幸になった」と、木箱五つ分の遺物を返送してきた者もいるという。オサナ氏は「かくして私は呪われた」と名前を付け、すべての手紙を展示している。

二〇〇四年、エジプトの遺跡〈王家の谷〉を訪れたドイツ人男性が王朝時代に刻まれた碑文の一部を盗んで持ち帰った。するとその直後から男性は全身麻痺や原因不明の高熱、ついにはガンに侵され、三年のあいだ苦しんだすえに死んだのである。呪いを恐れた遺族は、二〇〇七年にエジプト大使館へ謝罪とともに石を返還したそうだ。

二〇一五年、イスラエルにある博物館の中庭に、巨大な石が手紙付きで放置されていた。

巨大な石の正体はローマ帝国時代に用いられた原始的な砲弾で、一九八九年からゴラン高原でおこなわれていた遺跡発掘調査の際、手紙の主が盗んだものだった。手紙には「一九九五年にこの石を盗んで以来、信じられないほどの不幸が続いている。だから返却する。絶対に遺物は盗まないほうが良い、呪われるぞ」と書かれていた。現在、この石は同博物館内で厳重に保管されている。

このように、「持ち出し厳禁」の場所は世界各地に存在する。それでも、心を入れ替えて返却できた人間はまだ幸運なのかもしれない。最悪の事態は免《まぬが》れたからだ。

では最後に、こんな噂をあなたは知っているだろうか。

元自衛官の男性が「戦地になったIという島での出来事らしい」と教えてくれた、自衛隊で現在もささやかれている話だそうだ。

ある隊員が島から本土に帰る際、こっそりと小さな石を持ち帰ったのだそうだ。

その島には「土も草も石もいっさい持ち出してはならない」という暗黙のルールがあり、島を離れる際には厳しい荷物チェックがあるのだが、隊員はうまいこと隠したのだという。胸のポケットに入れたという話も、靴の中に潜ませたという話もあるが、どのようにして持ち帰ったか、その詳細はもう聞くことができない。なぜそのような行動をとったのかも、知る手がかりは無くなってしまった。

隊員はその後まもなく行方不明となり、およそ一週間後に静岡県の風穴で遺体となって発見されたからだ。

遺体はなぜか上下真っ黒のスーツ姿。

まるで葬式へ行くようないでたちだったという。

死の奇録

あまりにも不運な死

死は万人に等しく訪れるが、その質には差があるようだ。眠っているうちに亡くなった、老衰での大往生などは幸福な死の部類に入るだろう。反面、世の中には不運だったとしか言いようのない奇妙な最期を迎える人もいる。人生は、まことに理不尽である。

一九二六年、ボビー・リーチというスタントマンがオレンジの皮で滑って転倒、足こそ骨折したものの命に別条はなかった。「ナイアガラの滝を樽で落ちる」というスタントにも成功した有名人のリーチである。周囲は「さすが名スタントマンだ、足を折ったくらいはかすり傷に違いない」と彼を賞賛した。

しかしその後、手術時のミスで合併症を起こし、結局ボビーは死亡してしまった。

一九四〇年、米の発明家トマス・ミジリはポリオに罹《かか》り足が不自由になってしまった。彼は一計を案じ、ベッドから自力で起き上がれるように綱と滑車をつかった装置を考案。

名発明だと自画自賛していた四年後、トマスはこの装置に首が絡まり窒息死した。

ニューヨークに住むラングレーという男は、「我が家に不審者が侵入するのでは」という強迫観念に長らく襲われており、何人も近づけないよう様々な罠を家周辺に仕掛けていた。そんな彼が亡くなったのは一九四七年。自らが掘った落とし穴の底で死んでいるところを発見されている。

一九九一年、オハイオ州にある遊園地で男性が誤って池に転落した。

彼を救出するため、友人と従業員が池に飛び込んだ直後、漏電で池に流れていた電流によって、救出に向かった二人は感電死してしまった。落ちた本人は無事だったという。

一九九九年、イギリスで羊の餌をバイクに載せていた女性が、腹を空かせた羊の群れに襲われ、バイクごと崖から落ちてしまった。

転落したものの女性はほぼ無傷だったが、不幸にも救出中に崖へ引っかかっていたバイクが落下して女性を直撃、死亡した。


二〇〇一年、ニュージーランドの男性が自宅で溺死した。

敷地を歩いていた際に氷で転倒、たまたま転んだ先にあった、四センチほど水を張った飼い猫の水飲み用ボウルで溺れたのである。


「マーキュリー・ニュース」によると二〇〇四年、カリフォルニア州で新聞記者の男性が心臓発作になり、社内で倒れて亡くなった。

ところが男性は普段から頻繁に残業していたため、管理人や同僚など多数の人が倒れているところを目撃していたにもかかわらず、「寝ているんだろう」とそのまま放置された。ようやく彼が死んでいると気づいたのは、実に死亡から二日後の事だった。

死んだあとに人生最後の不運が訪れたのだ。

デラウェア州で二〇〇五年、四十二歳になる女性が首を吊って亡くなった。死体は自宅の庭先、表通りから見える位置にぶら下がっていた。事実、何人もの住人がその姿を見ている。にもかかわらず、警察に通報が入ったのは翌日だった。彼女が死んだのは十月末、つまりハロウィンの最中だったのだ。不運にも目撃者全員が「よくできたディスプレイだ」と勘違いしたのである。

同様の事件は、二〇〇九年にカリフォルニアでも起こっている。自宅バルコニーで首を吊った七十代男性の遺体は、数日間そのままにされた。時期はやはり十月なかば。隣家の住人は「今年のディスプレイはやけに精巧だな」と、たいへん感心していたという。

同じくカリフォルニアで二〇〇七年、自動車が誤って歩道に乗りあげ消火栓に激突した。衝撃で壊れた消火栓は水圧に押し出されて弾丸のように飛び、前方をたまたま歩いていた男性の頭部を直撃、即死させた。すぐ隣を歩いていた妻は無傷だった。「マーキュリー・ニュース」の記事によれば、この事故を担当している調査員は「確率で言えば何百万分の一の確率で起きる事故だ」と被害者の不運にひどく驚いているそうだ。

二〇〇八年、ブラジルで墓地に向かっていた霊柩車が後続車に追突され、そのはずみで棺桶が車体を貫通、助手席に座っていた女性が即死している。

棺桶に入っていたのは心臓発作で急死した七十六歳の男性で、助手席の女性は妻だった。彼女は夫の不運を嘆きながら、埋葬に向かっている途中だったという。

二〇〇九年、オーストラリアのノーザン・クイーンズランドで起こった出来事。ある朝、女性がオフィスへ向かっていたところ、近くで稼働していた電動芝刈り機が草むらに転がっている鉄パイプのかけらを跳ね飛ばした。

破片は不幸にもまっすぐに数メートル先を歩く女性を直撃。彼女は首から上をすっぱり切断され、頭と身体がおさらばしてしまった。破片はおよそ十センチほどしか無かったというから、たぐいまれなる不運としか言いようがない。

芝刈り機を操っていた男性は大きなショックを受け、精神病院へ通う羽目になったそうだ。

フィリピンのセブ島では二〇一〇年、映画のロケ中に俳優が射殺されている。亡くなった俳優は覆面姿の殺し屋を演じていた。ちょうどオートバイを走らせての銃撃シーンを撮影中、本物のオートバイ強盗だと思い込んだ市民によって撃たれたのだった。

迫真の演技がアダとなった不運である。

世界の噂

ミステリー・ネット

私たちはもう、インターネットなしでは生活できなくなってしまった。

レストランの予約から運転時のナビゲート、映画鑑賞や同級生との連絡まで、ネットに接続していない瞬間はゼロに等しい。全ての情報が電子の荒野にさらされている。まるで太陽の光のように、インターネットはあらゆるものを照らしだす。

しかし、強い日差しは同時に濃い影を生む。それと同じく、ネットの世界にも深い闇が広がっている。潜んでいるものの正体が分からないほどの暗闇は、奇妙な噂の温床だ。

これから先に紹介するウェブサイトの多くは、パソコンやスマホで気軽に検索できる。しかし、お薦めはしない。

そこには深くて暗い罠が潜んでいるかもしれないからだ。

世界で最も奇妙なウェブサイトのひとつが「９７３」である。

正式名称は「９７３－ＥＨＴ－ｎａｍｕｈ－９７３」。別名「サタンのウェブサイト」。少なくとも二〇〇〇年の初めには存在していたというから、歴史は長い。

ページを開いた人間は、その異様さに驚くはずだ。黒を基調とした画面には意味不明なアルファベットや単語の羅列、理解不能な数式が並んでいる。聖書からの引用と思われる一文や魔法陣など明快なものもあるが、それはほんの一部。おまけに、膨大なページは迷路のように入り組んでおり、全貌を確認するのは至難の業。かろうじて「９」にちなんだ数字が多い事が判別できる。もちろん、作者は不明である。

この二十年間、「９７３」の正体については様々な憶測が生まれた。「現代芸術の作品」「ある宗教団体が信者に向けた、集団自殺のメッセージ」「諜報組織の暗号」「富豪が遺産を預けた貸し金庫のパスワード」などなど……。一部ではこのサイトを閲覧すると自殺念慮《ねんりょ》を引き起こすとも噂されており、これまで十数名がこのサイトを見たために命を絶ったという話もあるが、真偽のほどはわからない。

答えなき推測を笑うように、「９７３」は今日も稼働し続けている。

「プレーン・クラッシュ・インフォ」というウェブサイトをご存知だろうか。

リチャード・ケバブジャン（名前だけは判明しているが、詳細なプロフィールは公表されていない）という人物が立ち上げたこのサイトは、文字どおり「飛行機事故の情報」を扱っており、旅客機会社ごとの墜落件数や死亡人数の統計を徹底的にまとめている。

それだけ聞くと、事故予防の啓蒙を謳っているように思えるこのサイト。しかし、実はまるで別な部分が一部の支持を集めているのだ。

「プレーン・クラッシュ・インフォ」では、事故発生時の会話を記録する「コックピット・ボイスレコーダー」に残された乗員の「最期の言葉」をリストアップしているのである。

「最期の言葉」は文字に起こされた一覧のほか、実際の音声を聞く事も可能になっている。その内容は千差万別で非常に興味深い。神に祈る者、取りみだす者、最後まで事故回避を試みる者……種類は様々だが、読んでいて気持ちが良い内容はひとつもない。少なくとも、この断末魔が事故予防に繋がると考える人間はいないだろう。

では、運営者のリチャードはどんな目的で悲惨な「声」を集めているのか。

そもそも、なぜ非公開が原則のボイスレコーダー音声を収集できているのか。

全ては謎のまま、今日も多くの人が好奇心の赴くまま「人生最期の声」を聞いている。


二〇〇七年、アメリカのカンザス州に住むエミリー・サンダーという女性が行方不明になった。翌週、警察は郊外で彼女の遺体「らしき肉片」を発見する。遺体の詳細について公表されないほど、彼女の亡骸《なきがら》はひどいありさまだったのである。

やがてミレールという男が殺人罪で逮捕され、事件は終息する。裁判の前後に、彼女がポルノサイトに偽名で登録していた事実が発覚し、世間を賑わせたりもした。

しかし、ネットで騒動となるのはその後だった。翌年、アメリカの大手掲示板サイトでに「エミリー・ボディ・チャレンジ」という過去の投稿が発見されたのである。

投稿にはエミリーの顔写真と、「自分が誰か分かった人には、〈彼女の断片〉が埋まっている場所の座標を教えます」と書かれていた。つまり、これは殺人犯が逮捕前に投稿した可能性が高いのだ。

恐ろしい事に、この投稿には少なくない数の反応があり、そのうち何件かは「座標を手に入れた」と返信していた。全てを理解した上で、「女性の死体の一部」を手に入れるため、ネット上を奔走していた人間が存在するのだ。

「単なるイタズラに違いない」「単なる作り話ではないか」など真偽を疑う意見も多いが、事実はいまだ明らかになっていない。

動画サイトにも噂が付きまとう。映像には、画像やテキストにない生々しさがある。

一九八六年、アメリカのメイン州でひとりの若い女性が行方不明になった。

当初、捜査はスムーズに進むかと思われていた。女性は、知人である二十代男性の車に乗るところを目撃されていたからだ。ところが警察が当の男性を事情聴取すると、男性は「女性が歩きたいと言うので、彼女の自宅から一キロほど手前で降ろした」と証言。

両親は「娘は夜道を歩くのが苦手だと公言していた。そんなことをするはずがない」と反論したが、なぜか警察は男性の話を信用する。その後も捜査が続けられたものの女性はとうとう見つからなかった。

それからおよそ三十年後の二〇一五年、この失踪事件は再び注目を浴びる。世界的動画サイトに「００ｂ４ａ５６」と名付けられた映像が投稿されたのだ。

「００ｂ４ａ５６」は、古いビデオカメラで夜中に撮影されている映像だった。そして、画面右下に表示されている撮影日時は、あの女性が失踪した日だったのである。

さらに、この動画のコメント部分には、暗号じみた奇妙な文字列が書き込まれていた。それらを有志が解読したところ、メッセージが現れたのだ。

【私は足跡を晒すことも、罪滅ぼしの告白も絶対にしない】

まるで、犯人による宣戦布告のような内容ではないか。

「重要な手がかりだ」「単なるイタズラだ」とネットユーザーの間でも意見が別れたが、真相を知るすべはもうない。動画は、何者かによって削除されてしまったからだ。

現在にいたるまで女性の行方も、投稿された動画の正体もわからないままである。

やはり二〇一五年、同じ動画サイトに不思議な映像が投稿された。

投稿主の名は「２３０５１１」。

映像の投稿頻度は毎分一本から二本。時間は短いもので数秒、長い時は十二時間程度とバラバラだった。異様に早い投稿ペースや再生時間のばらつきも気にかかるが、もっとも奇妙だったのは、その内容である。

無数の矢印や点描《ドット》が不規則に表示されただけの映像。

男性が淡々とアルファベットを朗読する映像。

耳障りな音と不気味な声が聞こえる映像。

すべての映像が、不気味で意味不明で謎に満ちていた。

ユーザたちは暗号の解読を試みたが、解きあかした者はおらず、まもなくこの映像群はアカウントを停止されてしまう。つまり、何らかの規約に反した恐れがあったわけだ。

大手検索サイトの壮大な実験だったという説、共産国家がスパイへの暗号として用いていたという説、国家がらみの専横実験だったという説……色々な仮説が立てられたものの、もう真実を知ることはできない。すべてはネットの闇に消えてしまった。

オンラインゲームは、いまや遊具の「主力商品」だ。

可愛らしいキャラクターや難解なクイズに人々は心奪われ、他人と争い大金を払う。それが単なるデジタルデータだと知っていても、夢中になるのを止められない。

だが次に紹介するオンラインゲームは、利用者を虜《とりこ》にするパズルやアクションではない。命をかけた「死のゲーム」だ。

二〇一五年、若者の間で「青い鯨《くじら》」というチャレンジゲームが爆発的に流行した。発祥はロシアのSNS「フコンタクテ」で、その内容は「マスター」と称する人物から指示されたミッションをこなしていくシンプルなもの。しかし、問題はその中身だった。

最初のうちは「二十四時間ホラー映画を鑑賞する」「午前四時に起きる」などの簡単な指令ばかりなのだが、そのうち「腕に刃物でシロナガスクジラを彫れ（これがゲーム名の由来になっている）」「ビルの屋上にあがり、建物すれすれの位置で写真を撮れ」など、要求は過激なものに変わっていくのである。

聞き入れなければいいのではと思うが、この時点でチャレンジャーは自宅の住所や電話番号をマスターに教えており、「従わないと個人情報をばらまく」と脅されているのだ。さらにチャレンジャーは「選ばれた人間だけが行ける世界がある」と自死をうながされ、最終的には「ビルから飛び降りろ」という命令に従い、自分の命を絶つ。

この「青い鯨」はロシアを皮切りにアメリカやスペインなどの英語圏、さらにインドやアフリカ諸国、中国にまで飛び火した。とりわけ発祥のロシアでは半年で百三十人以上の若者が自殺する社会問題となった。

では、このゲームを先導しているのは何者なのか。背後には「死の集まり」と呼ばれるグループの存在が噂されている。

二〇一六年にはサイトの管理人とされる青年が逮捕されたが、一説によれば彼は末端の実行役に過ぎず、黒幕は若者の心理に精通した分野の専門家ではないかといわれている。つまり「青い鯨」は、狂った心理学者による人体実験かもしれないのだ……。

各国機関の努力もあって「青い鯨」は近年、ようやく収束の気配を見せはじめたという。

だからといって安心はできない。

ネット上では、すでに新たなゲームが広まっている。

二〇一八年、コロンビア北部の小さな町で、異常な行動をとる若者が続出。身体を自ら傷つける者、痙攣《けいれん》を起こして失神する者、なかには橋から落下する者まで現れた。

市当局が原因を探ったところ、彼らは全員、スマートフォンの同じアプリをダウンロードしていた事が判明。なんと、そのアプリから送られてくる「指示」に従い、異常行動をとっていたというのである。事実を知った市長は、すぐに未成年の夜間外出を禁止した。若者の多くが（落下者が出た）橋に集まり、そこでアプリの「指示」を待っていたからだ。

その効果があってか、騒動は現在おさまっているという。しかし、送り主が何者で何のために危険な「指示」を出していたのかは不明のままである。


「ザ・サン」紙の報道によると二〇一八年、ロシアに住む十五歳の少年がチェーンソーで自分の頭部を切断するという、衝撃的な方法で自殺している。

同紙は「オンラインゲームで負けた事が引き金だった」と報じているが、ロシア当局は「何者かが、自殺を扇動した可能性が高い」と発表。しかし（自殺の連鎖を防ぐためか）ゲームの名前や自死を扇った具体的な方法などは公表していない。

死へ導くゲーム……まさしく「青い鯨」ではないか。

やはり収束などしていないのだ。ネットの獣は新たな獲物を求め、牙を剥いている。


では最後に、あなたはこんな噂を知っているだろうか。


近年、「スマートスピーカー」と呼ばれるネット用マシンが飛躍的に普及している。人工知能が質問に答えたり商品を注文してくれる非常に便利な機械なのだが、実はこのスマートスピーカー、乗っ取られる危険性があるのだという。

英国のセキュリティ研究者は二〇一七年、「簡単な物理的処理でスマートスピーカーはハッキングできる」と発表している。研究者によれば、マイク機能をジャックして会話を盗聴する事や、勝手にオンラインショッピングをする事も不可能ではないのだという。

何とも恐ろしい事実だが、ネット機器の専門家は「その程度の事は、愉快犯か詐欺師の仕業に過ぎないので問題ない」と言い、「本当に怖いのは、洗脳なのだ」と声を潜める。

「ある国では、サイバー部隊による大規模なハッキング実験を繰り返しているそうです。これが成功すると、人工音声の答えにアレンジを加えられるんです。例えば、政府に対し反発を抱くような答えを誘導するとか、もしくは逆に国家に従順な思想を定着させるとか。利用者は、知らず知らずのうちに私刑の衝動に駆られた革命家や、他国の人を殺したがる民族主義者、または国のためなら死をも厭わない兵隊に教育されていく可能性があります。いや、世界の現状を見るかぎり、もしかしたらすでに……」

SF映画のように荒唐無稽な話に思えるが、我々の生活が人工知能に頼っているのは、れっきとした事実だ。その利便性を狙い人々を操ろうとする者がいても不思議ではない。何より恐ろしいのは、我々自身がその事に気付く可能性は限りなく低いのだ。インターネットに潜む闇は、私たちが思うよりも深いのかもしれない。

犯罪の噂

オークションと目薬

ある女性から聞いた話だ。

彼女の知人にあたる男性が、ある日高級車に乗ってあらわれた。聞けば、オークションサイトで大儲けしたのだという。友人たちは驚き、どのような手で稼いだのかを尋ねたが、男性は頑として理由を語らず、ただ「オークションで儲けたんだ」とだけ答えた。

どうしても知りたくなった彼女は男性を酒の席に誘い、したたかに酔わせて詰問した。酩酊した男性の口は軽くなっていた。

「死んだ祖父はその昔薬屋をやっていてね。何ヶ月か前に遺品整理のために家を訪ねた時、倉庫で大量の古い目薬を見つけたんだ。もう何十年も前のものだし、使えないだろうとは思ったんだけど、放置するのも勿体無いと遊び半分でオークションサイトに出品したのさ。そしたら、一本ウン万円の値がついたんだ。目薬は全部で百本以上あったんだけど、結局一週間と経たずにほとんど売り切れた。おかげで念願の車を購入できたんだよ」

そこまで聞いて彼女は首を傾げた。どうして昔の目薬がそんな高い値段で売れるのか？　すると彼は笑いながら続きを話してくれた。

「昔の目薬には、睡眠薬と同じ効果の成分が入ってるのさ。アルコールに数滴混ぜると、飲んだ人間はその場で意識を失う。それで事件が起きて、問題になったおかげで、今では成分が変わってしまったらしい。だから、あれを買った連中は、そういう犯罪を……」

突然、男性が素面の口調に戻った。驚くうち、今度は彼女の意識が朦朧《もうろう》としてきた。

「あ、やっぱり効くんだな」

そう言いながら、嬉しそうに伸ばしてきた男性の手を何とか振り払い、女性はよろめく足で逃げ出した。後日、ためしに例のオークションサイトを覗いてみたところ、彼が言っていた目薬は（あくまで空容器という名目で）同じアカウントから出品されていたという。その後すぐ携帯電話やメールを着信拒否にしたので、その男性が今どうしているかはわからない。

「やっぱり、古い薬で効果が薄れていたんでしょうか」と、女性は自分が助かった理由を考えている。

目薬が睡眠薬になるという噂は、昭和後半にはすでに語られていたようで、それなりに歴史が古い。事実、一九八〇年代以前に売られていた目薬の中には、スコポラミンという神経を麻痺させる成分入りの商品があった。スコポラミンは植物から抽出される成分で、神経を麻痺させたり意識を朦朧とさせる作用があるという。

江戸時代の外科医・華岡青洲が麻酔に使用したのも、チョウセンアサガオから抽出したスコポラミンだった。チョウセンアサガオには脱力感や平衡感覚の麻痺、意識混濁などの副作用がある。ちなみに先述のとおり、現在の点眼薬にそのような成分は入っていない。

オークション自体も、奇妙な出来事の宝庫だ。

世界のオークションでとりわけ人気が高いのは、ナチスの指導者アドルフ・ヒトラーにちなんだ品だという。二〇一五年には画家志望時代のヒトラーが描いた絵画が五千万円で、二〇一七年には愛車のベンツが八億円で競り落とされた。

ちなみにヒトラーは「睾丸が片方しかない」という噂があった。多くの人が「根も葉もないデマだ」と思っていたが、二〇一〇年にヒトラーが刑務所へ投獄された際の検体記録がオークションに出品され、彼の睾丸が陰嚢の内部で萎縮、欠如している事実が判明した。噂は本当だったのである。

ヒトラーとならんでオークションで人気が高いのは、一九一二年に沈没した豪華客船・タイタニック号の物品だという。何と、イギリスにはタイタニック号関連の物品を専門に扱う競売会社が存在するほどだ。

これまでに高値がついた品としては、タイタニック号で楽団が使っていたバイオリンが一億四千万円、甲板に置かれていたデッキチェアは二千万円で落札されている。人の死が染み付いている不謹慎なプレミア感に、人々は興味を惹かれるらしい。

二〇一八年十一月、タイタニック号の船長であるエドワード・ジョン・スミス氏の鏡がイギリスのオークションに出品された。この鏡はスミス船長のメイドが形見分けに貰ったものだが、実は「命日になると船長の顔が映る」と、まことしやかに噂されているのだ。

その真偽が判明するのは、沈没から百七年を迎える今年の四月。落札者は悲劇の船長と対面できるのだろうか？　続報を待ちたい。

世界の噂

信じがたい発見

驚きとともに見つかるのは、宝物とはかぎらない。ときに運命は、とんでもないものを我々に発見させることがある。

一九三九年、米の俳優フランク・モーガンは映画『オズの魔法使い』に出演している。くたびれた外套をまとう占い師の役だった。このコートは、モーガン自らが監督とともに古着屋を探しまわり見つけだした、役にぴったりの逸品だったという。

ところが本番直前、驚くべき事が起きた。モーガンがなにげなく外套の内ポケットを見ると、そこには〈ライマン・フランク・バウム〉と刺繍《ししゅう》で縫いつけられていたのだ。ライマン・フランク・バウムは米の児童文学作家で、「オズの魔法使い」を発表した人物。つまり、今まさに撮影している作品の原作者だったのである。驚いたスタッフがバウムの未亡人に確認してみたところ、外套はまさしく彼が愛用していたものだったという。

故人の品が奇跡的な偶然によって、自身の映画で使用されたのである。

二〇〇八年、クロアチアの集合住宅で女性の死体が発見された。

女性は紅茶の注がれたカップを手にしたまま椅子に座り、テレビを見ている状態で亡くなっていた。部屋の中に荒らされた様子はなく、生活の気配がいたるところに残っていた。

これだけであれば、女性の死はありがちな自然死に思えただろう。しかし、彼女は失踪届けが出されている人物だったのだ。

最後に女性が近隣住民に目撃されたのは一九八六年。その直後に所在がわからなくなり親族によって失踪届けが出され、以来四十二年にわたって行方不明となっていたのだ。

どうして誰も彼女の部屋を調べなかったのか。もしくは調べたときには誰もいなかったのか。現在に至るまで、謎はひとつも解決していない。

アメリカでは二〇一七年、とんでもないものが予想もしない場所で見つかった。

木材用に伐採された栗の木の空洞部分から、犬のミイラが発見されたのである。

調査の結果、このミイラの犬は一九六〇年代に、何らかの間違いで木のウロにはまった猟犬で、そのまま抜け出せず死んでしまったが、その後に樹木が成長してしまい、内部に閉じこめられたのではないかと判明した。そのような場合たいてい死体は腐ってしまうのだが、栗の木に多く含まれるタンニンが乾燥と防腐の役目を果たし、通気性が良かった事も手伝って、奇跡的にミイラ化したと見られている。

現在、このミイラ犬は地域の博物館に展示されているという。何とも興味深い話だが、木の空洞で人知れず死んでいく犬の心境を考えると、背筋が寒くなってしまう。


二〇一八年、ジョージア州では改築中だったビルの壁から約千本の人の歯が見つかっている。ビルは一九〇〇年代初頭に建てられ、三〇年代まで歯医者として使われていた建物だった。関係者が調査しているが、歯が埋められた理由は現在もわかっていない。

ちなみに同州の別な二箇所の建物からも、壁に埋め込まれた歯が発見されている。

当時、歯科医の間で呪術めいた風習でも伝わっていたのだろうか……。

世界の噂

本当に怖い歌

童謡の「かごめかごめ」は堕胎した子供の事を歌っており、「通りゃんせ」は埋蔵金のありかが歌詞に隠されている。「暗い日曜日」というハンガリーの歌は作曲者が自殺しており、そのために聴き続けた者は死んでしまう等々……。

歌に関する噂は洋の東西を問わず、語り継がれている。言葉遊びを優先した意味の通らない歌詞や民謡をベースに作られたメロディーは、我々に不穏な感情を抱かせるらしい。

もっとも、その多くはデマに過ぎない。「かごめかごめ」は堕胎の歌ではないし、「通りゃんせ」で埋蔵金が見つかる事もない。「暗い日曜日」も作曲者が自殺したのは事実だが、現在でも世界中で愛聴されている。

しかし、なかには本当に怪しい逸話を持つ歌も存在する。震えるような秘密を持った、陳腐な噂を凌駕《りょうが》する歌は実際にあるのだ。

「雪山賛歌」は、一九二七年に登山家の西堀栄三郎が作詞を手がけた歌曲である。雪山の美しさと山男のたくましさを高らかに歌い上げるこの曲は、のちに有名な歌唱グループが紅白歌合戦で披露した事により、登山家のテーマソングともいうべき地位を得た。西堀が作詞を手がけた温泉地には歌碑が建立され、最寄駅の発車メロディーになっている。しかしこの「雪山賛歌」、実は日本の歌ではないのだ。

原曲は一八八四年にパーシー・モントローズが作曲したアメリカ歌曲であり、日本では当初「愛しのクレメンタイン」という名で親しまれた。ウエスタン映画「荒野の決闘」の主題歌にもなったので、耳にした記憶がある方もいるかもしれない。

ところがこの歌、雪山の美しさとは無縁の、なんとも陰惨な歌詞なのだ。

谷の洞窟　鉱脈を　掘り返しては探してる
暮らしているのは　フォーティナイナー　おまけの娘はクレメンタイン
愛しのクレメンタイン　愛しのクレメンタイン

お前はもういない　二度と会えない　悲しい娘さ クレメンタイン

朝の九時には　いつもの日課 アヒルを川へと連れて行く
ところがあの子は　つまずいた 落ちたところは渦のなか

赤い唇 水面に あぶくが飛び散る　力なく
けれども 俺は泳げない　クレメンタインが　沈んでく

谷間の近くの　墓場には　蔦を絡める　銀梅花
薔薇が花咲く この場所の　肥やしになった クレメンタイン

フォーティナイナーとは、一八四九年のゴールドラッシュ時に黄金を求めてアメリカに渡ってきた荒くれ者の事。また、英語の原詞は末尾の韻を踏んでおり、言葉遊び要素が強い歌である。その中身は川に落ちた娘が死んでしまったという、なかなか物騒なものだ。実は「愛しのクレメンタイン」は、一八六三年にトンプソンが作曲した

「ダウン・バイ・ザ・リバー」という曲を改変したものである。

原曲にもクレメンタインは登場し、やはり溺れ死んでしまうのだが、「ダウン・バイ・ザ・リバー」の歌詞にはゾッとする続きがある。死んだクレメンタインは幽霊となって川下に現れ、恨み言を言うのである。

つまり、雪山で高らかに歌われていたあの曲は、幽霊の歌なのだ。

もしあなたがボーイスカウトの経験があるなら、「岩をぶっち割り」という歌を口ずさんだ記憶はないだろうか。ボーイスカウトの祖である中野忠八により作られた歌詞は「岩を砕き道を開き力を示せ」「波をわり海を越え意気を示せ」と、大層勇ましい。そんな勇壮なこの歌、元々は疫病を嘆く恐ろしい曲なのである。

原曲の名は「可愛いアウグスティン」。オーストリアで一六四三年頃から歌われるようになった歌曲だが、実はこの歌は、当時猛威を振るっていたペストの惨禍をモチーフにしているのだ。ウィーンで約十万人が死んだ忌まわしい疫病の名は、歌詞にも登場している。

上着もなければ杖もない 泥に倒れたアウグスティン
可愛い可愛いアウグスティン　全てが消えてなくなった

アウグスティンとおんなじだ　豊かなウィーンも今はない
私は涙するばかり　全てが消えてなくなった

毎日お祭りだったのに　今じゃペストが大流行
葬式ばかりが長々と　列を作っているばかり

アウグスティンよ　アウグスティン　お前は墓に眠るんだ
可愛い可愛いアウグスティン　全てが消えてなくなった

この歌を作曲したのはウィーンの大道芸人、マルクス・アウグスティンと言われている。すなわち、アウグスティンは自身の名前を歌に取り入れたのである。

なんとも変わった男だが、事実、このアウグスティンなる男の経歴は謎に包まれており、それを証明するような一つの逸話が語り継がれている。

ある夜、アウグスティンはしこたま酒を飲んで家に帰る道中、うっかり路上で寝てしまった。当時はペストが大流行していた時期。道ばたで死ぬ人間も珍しくなかったため、通りかかった清掃人はアウグスティンを哀れな犠牲者と思い込み、集団埋葬用の大穴へと放り込んでしまった。翌朝になって目を覚ましたアウグスティンは、驚く人々の前でバグパイプを吹いて歌を披露し、喝采を浴びたという……。

この話は、本当なのだろうか。ペストの犠牲者に混じって眠り、発症しなかったとは甚《はなは》だ疑問が残る。飲んでいた酒が殺菌の役目を果たしたという説もあるが、大量に浴びたならともかく、飲酒程度で殺菌されたとは考え難い。

さらに不思議な事に、アウグスティンの死亡証明書には、たった一文字「N」と記されているだけで、本名は明らかになっていないのである。まさしく歌詞そのまま、全てが消えてなくなったこの男……果たして実在する人間だったのだろうか。
二、三年前から、ネット上で「ロシアの子守唄が怖い」という話題が、たびたび取りざたされるようになった。子守唄の名は「ティリ・ティリ・ボン」。動画サイトを覗いてみると、どこか土俗的なメロディーを口ずさむ、たどたどしい子供の歌声を聴くことができる。

ティリ・ティリ・ボン 今すぐに目を閉じて
誰かが窓の側を歩いて　ドアをノックする
ティリ・ティリ・ボン　眠れない子　彼は家に入った
足音を聞いてごらん そこまで近づいている
ティリ・ティリ・ボン すぐ隣にいるよ　声が聞こえるかい
部屋の隅にかたまって まっすぐに見ている

得体の知れない者が迫ってくる雰囲気に満ちた、なんとも気味の悪い歌詞である。
ところが海外のサイトを検索してみると、この「ティリ・ティリ・ボン」は二〇〇七年にロシアで公開されたホラー映画『トラックマン』の劇中で使用された歌だというのだ。映画は、銀行強盗を企てた三人組が逃げ込んだ坑道で殺人鬼に襲われるという退屈なものだが、そのオープニングシーンでこの曲が使用されており、それ以前には存在しない歌だというではないか。ロシアには「ティリ・ボーン」という、猫が主人公の子守唄があるらしく、どうやら「ティリ・ティリ・ボン」はそれを模倣したものと考えられているようだ。

その一方で、ご当地であるロシアのサイトには、「これは私の祖母が歌ってくれたものと一緒です」「古くからある曲です」などのコメントもチラホラ見受けられる。

はたしてどちらの意見が正解なのか。

噂は旋律に乗って、どこまでも流れていく。

世界の噂

ストレンジ・エリア

世界には、バミューダ・トライアングルやサルガッソー海など、船や飛行機が消失してしまう〈魔の領域〉が存在する。近年、バミューダ・トライアングルは事実を誇張・歪曲した捏造《ねつぞう》説が一般的となり、伝説にいちおうの終止符が打たれてしまった。

しかし、世界にはその秘密が未だに暴かれていない場所が数多く残っている。

アメリカはバーモント州にある、人口一万五千人ほどの小さな町、ベニントン。ここは別名をベニントン・トライアングルという。もちろん、かの悪名高きバミューダ・トライアングルになぞらえた名称だ。どうして閑静な町が魔の海域と同一視されるのか。実はこの街では、短い期間に人々が次々と姿を消す事件が起こっているのだ。

最初の事件は一九四五年。七十歳になる超ベテランの狩猟ガイドが、四名のハンターと共に森に向かった。するとその帰り道、ガイドは一瞬のうちに姿が見えなくなり、忽然と消えてしまったのである。大規模な捜索がおこなわれたものの、行方は分からずじまい。しかしこの時は関係者全員、何らかの事故に違いないと思っていた。

その翌年、今度は女子大学生が森の中にある遊歩道をハイキング中に姿をくらました。すぐ後ろには二人のハイカーがいたが、角を曲がってみると目の前にいたはずの大学生はどこにも見えなくなっていたという。ＦＢＩが広範囲の捜査をおこない、ついには高名な超能力者まで捜査に参加したものの、とうとう彼女は見つからなかった。

それから三年後、傷痍軍人用施設に住む男性が行方不明になった。今回は森や道ではなく、何とバスの乗車中に姿を消したのである。男性はバスに乗ったところを目撃されている。にもかかわらず目的地へ到着した時には、座席に時刻表と荷物を残したままいなくなってしまったのだ。もちろん途中の停留所でも降りていない。

四人目は子供だった。一九五〇年、八歳の少年が農場で、母親が豚の世話をしている間に姿を消したのである。百人単位の捜索にもかかわらず、少年はついに発見されなかった。

その三週間後、五十代の女性が従兄弟とハイキング中に行方不明となった。川に落ちた衣服を乾かそうとキャンプ地に向かう道中で、煙のように消えたのである。

女性は翌春、近くの貯水池から遺体で見つかった。奇妙な事に貯水池は、失踪直後にも捜索されていた。しかし、その時は死体はおろか、遺留品さえ見つからなかったのである。

この遺体発見を最後に行方不明事件はピタリと止む。まるで、何者かが使命を果たしたかのように……。

地元では諸説の憶測が今も飛び交っている。ネイティブ・アメリカンの伝説に登場する「人食い岩」の仕業だという話、同じくネイティブ・アメリカンの言い伝えにある「四つの風」(彼らは、付近の山には悪い四つの風が吹くと信じ、埋葬地にしていた)に襲われたという話、付近でたびたび目撃情報のあがる未確認生物・ビッグフットの犯行という話、さらにはエイリアンの誘拐、異次元に迷い込んだなど噂は多岐にわたるが、真相は半世紀以上が経った今もわからない。

メキシコにあるマピミ砂漠は、俗称を〈ラゾナ・デル・シレンシオ(沈黙地帯)〉という。

なんとも奇妙な名前だが、実はこのマピミ砂漠、テレビやラジオや携帯電話など、通信機器が全く受信できないのだ。それゆえ、沈黙地帯と呼ばれているのである。

事の起こりは一九七〇年、米軍基地からテスト発射されたミサイルが、この砂漠付近で制御不能となり落下した事故に端を発する。ミサイルはコバルト57という放射性元素を搭載していたため、米軍はすぐさま調査に乗りだした。

数週間後、砂漠の北東にある農地でミサイルが発見されると、軍はすぐに道路を建設し残骸と汚染された土壌の回収に取り掛かる。ところが現地に辿り着いてみると、そこでは無線はもちろん、短波もマイクロ波も衛生信号も、いっさい効かなかったのである。

しかし、どうやらこの現象はミサイル墜落によるものではなさそうだ。この砂漠では、一九三〇年代にもメキシコのパイロットが上空を飛んでいた際、通信機器が謎の誤作動を始めたという報告があるからだ。おまけにこの地域一帯では、過去に奇妙な光や出火元が不明な木々の焼失、さらには「空から来た」と名乗る奇妙な人々などが目撃されている。また、民間研究者の中には「通信不能なエリアが移動している」と主張する者も存在する。

奇妙な事にマピミは、かのバミューダ・トライアングルと非常に近い緯度にある。これは単なる偶然なのだろうか。メキシコ政府はこの地域に研究施設を建設し、奇妙な現象の原因を調査しているが、現在まで具体的な報告は発表されていない。

一九九七年、米の人気DJアート・ベルのラジオ番組に、メル・ウォルターズを名乗る男が電話でゲスト出演をした。メルは自己紹介ののち、ワシントン州郊外にある「奇妙なもの」について語り始めた。

奇妙なものとは、彼の所有地にある直径三メートルほどの穴だった。穴は石やレンガで内周を舗装されていたが、その深さを知る者は誰もいないとメルは言った。

「石や棒きれを落としたが、いつまで経っても底にぶつかる音が聞こえないのさ」

メルは続けて、先住民たちがこの穴を呪われた存在だと信じ、〈悪魔の穴〉と呼んでいる事実を告げ、それから前年に試みた実験について教えてくれた。

「錘《おもり》のついた釣り糸を穴に垂らしたんだ。ところが八万フィート（約二十四キロメートル）垂らしても、底に着いた気配はなかった。ためしに穴へ向かって叫んでみたが、いっさい音は反響しない。おまけに持っていたラジオからは古い音楽や奇怪な声が聞こえてきた」

メルは最後に、この穴にまつわる不気味な話を披露する。

「知り合いが、死んだ飼い犬を穴に投げ捨てたのさ。すると数日後、そっくりの犬が奴の家に戻ってきたというんだ。着けていた首輪は死んだ犬のものと一緒だったそうだよ」

この話はまたたくまに広まり、奇妙な穴は語り手の名前にちなみ「メルズ・ホール」と呼ばれるようになった。メルはその後も何度かラジオに電話出演し、奇妙な穴についての後日談を語った。次の内容は、二度目以降のラジオで語られたエピソードだ。

最初のラジオ出演から何日かが過ぎたある日、メルが穴へやってくると、そこには政府関係者を名乗る男たちが待っていた。男たちは「ここで過去に飛行機が墜落した」と告げ、それを理由に所有者であるメルの立ち入りを禁じたばかりか、「穴のある土地を政府に渡し、もらった金でオーストラリアに移住しろ」と強制してきたのだという。

ただならぬ事態を察したメルは、指示通り二年ほどオーストラリアで生活したものの、望郷の念に駆られて帰国した。するとワシントン行きのバス車内で突然逮捕されて失神、気がついた時にはサンフランシスコの路地に放り出されていた。何と、バスに乗ってから二週間が過ぎていたが、その間の記憶は全くなかった。ようやく故郷に戻ってみると、彼の所有地はあらゆる地図から綺麗に消されていたという……。

これらの証言を受けて、「メルズ・ホール」の謎を解明しようと、多くの人がワシントン郊外を訪れたが、誰も穴の正確な位置はわからなかった。そのうち「あの話はまったくのデタラメだ」と主張する者が現れだした。

否定派は「釣り糸が八万フィートにもなればその重さは百キログラムを超える。そんな重量の糸をたったひとりで支えられるはずがない」「穴が異常な深さなら、場合によっては地下温度が数百度に達し、釣り糸は溶けてしまう」など次々に根拠を述べて、一連の話はデタラメだと主張した。また、ある地質学者は「地質学的観点からも物理学的観点からも、そのような穴は地球上に存在しない」と答えた。世界で最深の穴はロシアにある深さ十四キロのもので、それ以上になると圧力で崩壊するというのである。

いっぽう、メルよりも以前に奇妙な穴を見たと主張する人物も登場した。オズボーンというネイティブ・アメリカンの男性は「一九六一年前後に何度か悪魔の穴に遭遇した」と主張、さらに「その周辺で、空飛ぶ物体も目にしている」と告白した。

果たしてどちらが正しいのか、真相を知るのはメル・ウォルターズ本人だけだが、彼は二〇〇二年にラジオ出演して以降、ぷっつりと消息を絶っている。

何とも奇怪なこの話、実は続きがある。

地元紙の記者が彼の素性を調査したところ、メル・ウォルターズなる人物の記録は存在せず、本人名義で登録されたという土地も見つからなかったのである。つまりメル自身がこの世に存在しない人間だったのだ。

単なる誇大妄想狂の大芝居だったのか、それとも奇妙な穴同様、彼の記録もこの世から消されてしまったのか。もし後者だとすれば、誰が何のためにそのような事をしたのか。どうやら、真実というのは奇妙な穴よりも深くて暗いようだ。

ちなみに同じアメリカのアリゾナ州では二〇一七年、奇妙な穴が実際に発見されている。穴は人が落ちそうなほどの直径で底が見えないほど深く、かつ自然物とは思えない正確な円形のものだった。発見者の地元住民によると、ある日突然発生していたのだという。

正体が気になるところだが、解明は不可能だろう。なぜなら発見後、すぐに政府の土地管理局職員が大挙し、ひとつも調査する事なく穴を塞いでしまったのだから。

同州は牛などの家畜が何者かに血液を抜かれる「キャトル・ミューティレーション」で知られているが、両者の関連性は不明である。


スウェーデンにあるローデンという村でも、奇妙な穴の存在が騒動となっている。大きさ二メートルほどの穴は、十字架のような形をしているため、〈クロス・ホール〉と呼ばれている。住民はその穴を何度も埋めたが、いつのまにか復活してしまうのだという。

穴の周辺には動物も寄り付かず、植物を植えてもすぐに枯れてしまうのだそうだ。


「シベリアン・タイムス」によれば二〇一八年七月、シベリア北東部のサハ共和国一帯で、午前十一時からおよそ三時間、太陽が消失したかのように空が真っ暗になる現象が起きた。

証言によれば、空がしだいに暗くなり、やがて懐中電灯なしでは周囲が見えないほどの暗さになり、住民たちは照明を手に歩かざるを得なかったという。およそ三時間後に空は再び明るくなったが、周囲は灰色の塵《ちり》に包まれており、貯水も湖も泥だらけになっていた。

当初は「日食ではないか」と考えられたが、月齢を見ても日食は発生しない時期だった。また「別な土地でおこなわれた野焼きが粉塵になった」という仮説も唱えられたものの、当日の大気には塵が発生したような形跡はなかったという。

あまりの不可解さに、この現象は様々な噂を呼んだ。ロシア軍の兵器説、米国の化学実験説、UFOの攻撃説、太陽神の呪い（サハ共和国には太陽信仰が伝わっている）など。しかし、真相は現在も解明されていない。ロシア当局からも発表は皆無である。

ちなみにサハ共和国には〈バダガイカ・クレーター〉という、永久凍土が氷解した事で発生した超巨大クレーターがある。シベリア全土でもこの付近のみが深く陥没しており、住民たちは「ロシアが巨大な地下空間を建造したせいで陥没した」と信じている。

今回の太陽消失事件は、この巨大クレーターと無縁なのだろうか……。

町の噂

安いズボン

こんな噂を、あなたは知っているだろうか。

そのリサイクルショップでは、定期的にワゴンセールが開催されている。売れ残った衣服やシーズンオフの商品をワゴンに放り込み、一律の値段で販売するのだ。安さにつられて多くの客が訪れ、セール日の店内はとても賑やかだった。

ある時、一人の女性がワゴンセールでデニム地のパンツを買った。タグが付いておらずブランドはわからなかったが、珍しい刺繍にとても惹かれたのだという。おまけに値段はタダ同然である。

良い買い物をしたと喜び、翌日さっそくズボンをはいて出勤した。すると昼前になって、急に体が痒くなってきた。こっそりズボンをめくって下腹部を確認すると、肌が泡のように膨《ふく》れ上がり、どす黒く変色している。

午後になると痒みは痛みに変わった。下半身に針を突き刺されているような激痛が走り、しまいには座っている事さえ困難になった。やむなく早退して病院に駆け込むと、医者は「何らかの炎症を起こしていますね。それにしても酷《ひど》い」と言い、顔をしかめた。

原因は一つしか考えられなかった。彼女は翌日、ズボンを買ったリサイクルショップに怒鳴《どな》り込むと、あのズボンはどのような経緯で買い取ったのかを詰問した。店長は初めこそ言い渋っていたが、彼女が膿んだ肌を見せると真っ青になり、白状した。

「ワゴンセールの商品は本部が海外の業者から、ひと山いくらで購入したんです。原価が異常に安いので、ああやって叩き売りができるんですよ」

そう言うと、店長は倉庫から衣服の山が入ってきた段ボール箱を引っ張り出してきた。箱の側面にはサインペンでアルファベットが殴り書きされていたが、見たかぎり英語では無いようだった。それでも単語の区切りは何とか判別できたので、女性客はスマートフォンにその単語を打ち込むと、翻訳機能を使って解読を試みた。

結果、いくつかの意味が判明する。

〈病院〉〈遺体〉〈皮膚病〉〈焼却〉〈必ず〉

女性は治療費と多額の口止め料を手に入れたが、洋服は新品以外買わなくなったそうだ。

毒入りの衣服は海外でもたびたび噂になる。有名なのは、このような話だ。

ある若い女性が新しいフォーマルガウンを着てダンスパーティーに出かける。しかし彼女はまもなく気分が悪くなり、トイレに駆け込んだところで死んでしまう。警察が捜査したところ、彼女が購入したドレスは葬儀の際に死体へ着せるためのもので、埋葬直前に剥ぎ取られ、再販売されていたのである。死体に塗られていた毒性の強い防腐剤がドレスに染み込み、女性の命を奪ったのである。

この話はアメリカで「ポイズンドレス」と呼ばれ、若者たちを震え上がらせているが、その元ネタはアメリカ大陸に乗り込んだヨーロッパ人たちが、ネイティブ・アメリカンに贈った毛布なのだという。実はこの毛布、天然痘《てんねんとう》患者が使用したものだった。
そのためにネイティブ・アメリカンの多くが苦しみぬいて死に、ヨーロッパ人たちは
アメリカ大陸を手中におさめたのである。
噂より、真実の方がはるかに恐ろしいではないか。

世界の奇録

アニマル・ミステリー

犬も猫も牛も馬も鳥も、獣だ。どれだけ懐いていようと、動物は野生を内に秘めている。人間が彼らと同じエリアで生きていられるのは、かなり絶妙なバランスの賜物なのである。そのバランスがもろくも崩れ去ったとき、奇妙な出来事が起こるのだ。

一九二三年、ニューヨークでおこなわれていた競馬のダービー中、フランク・ヘイズというジョッキーが一着でゴールした。勝利を讃えようと駆け寄ったスタッフは、ヘイズが馬上に座ったまま死んでいるのに気がつく。

死因は走行中の心臓発作だった。

ちなみに馬の名は「スイート・キス」。甘い接吻は死の味だったというわけだ。

二〇〇三年、ベルギーのリンバーグにある民家の一室で男性が死亡した。彼はその日の朝、救急サービスに「具合が悪い」と連絡していたが、救急隊員が駆けつけたときには、すでに亡くなっていた。警察が捜査したところ、男性の死因は室内で飼っていたオウムとイタチだった。

鳥と小動物の排泄物から発するアンモニアガスにより中毒死したのである。

救急隊員によれば「部屋には、片付けられないままの糞尿がそこらに積み上がっており、強烈な臭いで満ちていた」という。

地元新聞は「あまりの臭気に耐えかねたのか、警察は本来であれば封鎖する現場の窓とドアを、すべて開け放って捜査をおこなった」と報じている。

二〇〇七年、インドのニューデリーで副市長が自宅のバルコニーから転落して死亡した。状況から判断するに他殺の可能性が高く、事実まもなく犯人が発見されたが、彼らは検挙されなかった。犯人は人間ではなかったからだ。副市長は、窓から侵入したアカゲザルの群れに襲われ、逃げる際に誤って落ちたのである。

ＡＦＰ通信によればインドでは猿の増加が社会問題となっており、二〇一八年にも生後まもない乳幼児がアカゲザルにさらわれたあげく、井戸に落とされて死んでいる。
政府も対策を講じているが、猿はヒンズー教で神聖な生き物とされているため、迂闊に駆除できないのが実情だそうだ。

二〇一一年、ボリビアの湖で若い漁師の男性がカヌーから湖へと飛び込み、亡くなった。

死因は溺死……ではなく、出血多量。その湖に生息している大量のピラニアに、漁師の男は食い殺されてしまったのである。

男性は酔っていたため不慮の事故である可能性も考えられたが、その後の調査で警察は自殺と結論づけられた。「地元で漁師を営む人間が、ピラニアの怖さを知らないはずがない」というのが警察の見解だった。

「ピラニアは臆病で人を襲うことは滅多にない」と言われているが、そこはやはり自然の生き物、こちらの思うようにいかない事も多い。

例えば二〇一三年にはアルゼンチンの川で泳いでいたおよそ七十人の人々をピラニアが襲い、子供ら七名が手足を食いちぎられる事故が発生した。また、二〇一五年にはブラジルの川で、六歳になる少女がカヌーから転落し、ピラニアに全身を食われ死亡している。水から引き上げられた少女の足には、肉がほとんど残っていなかったという。

二〇一三年、ブラジルで寝ている男性のベッドに、天井を突き破って一頭の牛が落ちてきた。牛が隣接する丘を伝い、家の屋根へと登ってしまったのが原因だった。男性は内臓破裂で死んでしまったが、いっぽうの牛は無傷だったそうである。

米国熱帯医学会によれば、世界では毎年、およそ十万人が毒ヘビの犠牲となっている。なかでもインドは死者トップクラス、四万六千人が亡くなっているという。

そのインドで二〇一八年、非常に珍しい毒ヘビの事故が起こった。

乳児二人が毒蛇によって死亡したのである。といっても乳児はヘビに噛まれていない。寝ていた母親が噛まれ、それに気づかぬまま毒入りの母乳を子供らに与えてしまったのだ。母親自身も病院へ搬送される途中に亡くなっている。

インドは世界でも強い毒を持つヘビが四種類も生息している、非常に危険な国である。四大毒蛇と呼ばれるのは、アマガサヘビ、ラッセルクサリヘビ、トゲクサリヘビ、インドコブラの四種類（我々が毒ヘビの代名詞のように思っているキングコブラは含まれない。キングコブラは非常に臆病な性格で、おまけに山林に生息しているため、人間の犠牲者が少ないのだという）。

ところが驚くべき事に「オディティ・セントラル」紙によれば、インドではわざと自分の舌を毒ヘビに噛ませ、ドラッグのような快感を得るのが密かに流行しているという。

噛まれると身体が痙攣し、視界がぼやけ、一時間あまり動けなくなる。しかしその後に強力な高揚感が三週間以上も続くのだそうだ。

もちろんこれはとても危険な行為で、現在までに六人の死者が確認されている。人間の快楽を探求する欲望は果てしないと、呆れかえってしまう事案である。

人間の持つ三大欲求のひとつに、食欲がある。これにちなんだ事件にもヘビが登場する。

二〇一四年、中国で野生動物を扱うレストランのシェフがコブラに噛まれて死亡した。薬膳のスープに入れるため切り落としたコブラの頭部をゴミ箱に入れようとしたところ、切断して二十分以上が経過していたにもかかわらず、コブラの頭が噛み付いたのである。専門家によると、ヘビは頭部を切断されてからも最大一時間ほどは生存しているそうだ。

同じヘビによる事件でもアメリカの場合はやや状況が異なる。「WKYTコム」によると、二〇一五年、ケンタッキー州の教会で礼拝中の男性がヘビに噛まれ死亡している。

この教会では聖書の「マルコによる福音書」に記された「手で蛇を掴み、毒を飲んでも決して害を受けず、病人に手をおけば治る」という言葉を実践するため、ヘビを手にする会を定期的に開催していたのである。

死亡した男性も、まさにヘビをいじっている最中に左腕を噛まれたのであった。彼は医療的な治療を拒否し、同日に死亡した。

信仰と蛇による事故はこれが初めてではない。二〇一二年にはマサチューセッツ州で、二〇一四年には先の男性と同じケンタッキー州で、礼拝中の牧師がヘビに噛まれて亡くなっている。とりわけケンタッキー州の牧師は「ナショナル・ジオグラフィック」の番組に出演するほどの有名人で、やはり医療処置を断り、数時間後に死んだという。

彼はそれ以前にも二度ヘビに噛まれているが、医療的処置を施さずに生還し、その際に「神の勝利です」と宣言している。

仏の顔ならぬ神の顔も、三度目はなかったという事だろうか。

最後に、死者こそいないが非常に奇妙な事件を紹介しよう。

二〇〇九年、イギリスのある店で火災が発生した。

幸い犠牲者は出なかったものの店舗は大部分が燃え、営業中止を余儀なくされてしまう。ところがこの火災、消防署員がどれだけ調べても原因がわからなかった。火元になったのは屋根付近だが、そこに燃えるようなものなど何もなかったのだ。

しかし一人のベテラン保険調査員がとうとう原因を突き止めた。なんと、三十本以上のタバコの吸い殻を屋根の上で発見したのである。

犯人はスズメだった。この可愛らしい鳥は、巣を作る材料として吸い殻を選んでいたというのだ。そして不運にもその中にまだ火がくすぶる一本があったというわけだ。

店主は嫌煙家だったが、この一件でますますタバコ嫌いになってしまったという。

村の噂

三つの単語の獣

こんな噂を、あなたは知っているだろうか。

山間部に暮らすその人は、農業系の企業を営んでいた。社員の半分は海外からの労働者。技能実習制度で来日したアジア系の外国人だった。昨今問題になっているような過剰労働や低賃金はなかったそうだが、それでも何名かの外国人が過去に行方をくらましている。最初から想定していたが、忸怩《じくじ》たる思いは残る。だが一人だけ、悔しさではない別な気持ちで印象に残ったケースがあると、男性はこんな話を教えてくれた。

ある年の朝、いつもどおり宿舎に顔を出すと、一人のアジア系外国人の部屋がもぬけの殻になっていた。真面目で働き者の、「こいつだけは逃げない」と確信していた子だった。

見る目のないおのれに落胆しながら空っぽの部屋を眺めていた男性は、テーブルの上に置かれた一枚の紙に目を留める。紙はノートを破いたもので、現地語らしき単語が三つと、犬とも狐ともつかない、おかしな動物のイラストが紙の中央に大きく描かれていた。

奇妙な獣は、短いたてがみと虎を思わせる黒い縞があり、尻尾は異様に膨らんでいた。少なくとも自分が知っている動物で、このような特徴のものは記憶にない。妙な胸騒ぎを感じた男性は、その紙を同じ国から来ていた実習生に見せ、単語の意味を聞いてみた。

「三つの言葉は、〝来た〟と〝見た〟と〝怖い〟です。たぶんこの動物の事と思います」

彼はますますわからなくなった。何が来たのか。何を見たのか。何が怖いのか。犬か狐を描いたのだとしても、この周辺に犬を飼っている家は無いし、狐も存在しない。狸が畑に出没した事はあったけれど、その時も逃げた男性に脅えた様子はなかった。

男性の行方も絵の意味も不明のまま数ヶ月が過ぎたある夜、何気なくテレビを観ていた男性は、思わず声をあげる。

番組で取り上げていた動物が、あのイラストに瓜二つだったのである。

そこに映っていたのは、ニホンオオカミの剥製。明治時代に絶滅し、すでにこの世には居ないといわれている獣だったが、その模様や尾は彼が描いたそれにそっくりだった。

もしも彼にどこかで会ったら、あの「怖い獣」をどこで見たのか聞いてみたい。男性はその一念で、今も逃げた外国人を探している。


ニホンオオカミは、一九〇五年に奈良で捕獲された個体が最後の一匹だといわれている。

その後、五十年にわたって生存確認されていない事から、環境省が絶滅種に指定。にもかかわらず、目撃情報は現在でも後を絶たない。

一九九六年には秩父山系で、二〇〇〇年には大分県でニホンオオカミに酷似した動物が撮影されている。二〇一三年には長野県在住の男性が、ニホンオオカミによく似た特徴の動物と遭遇、その模様をブログに綴っている。

世界の噂

降ってくるもの

去年、「ファフロツキーズ」という話を『怪談四十九夜 出棺』に書いた。「ファフロツキーズ」とは天空から降ってきた、本来は降るはずのない物体を指す言葉で、古今東西にある様々な事例と私自身が聞いた話を掲載した。個人的に大好きなジャンルのひとつである。なので今回は、前作でページの都合上割愛したものを紹介したい。

空の彼方からは、現在も奇妙なものが降り続けているのだ。

一九五〇年、フィラデルフィアで警官ふたりが、天から落ちてくるかたまりを目撃した。すわ隕石かと思い落下場所へ急行してみると、そこにはゼリーのような気味の悪い物体が地面のあちこちに転がっていたのである。直径二センチほどの物体はクラゲに似た円盤状の形をしており、おまけに紫色のミストを吹き出していた。警官が恐る恐る触れた途端、ゼリーは一瞬で溶け、地面にはわずかなカスしか残っていなかったという。この出来事をモチーフに、一九五八年『ザ・ブロブ』という映画が制作されている。

一九九四年にはワシントン州で、より深刻な事態が起こっている。流星群が降った翌朝、街のいたるところにゼリー状の物体が転がっていたのだ。

ある男性は庭に生えている木の枝がゼリー状の膜で覆われているのを発見、何だろうと思い触れた直後、強いめまいに襲われ入院する羽目に陥った。また、他にも同様の症状を訴える住民が頻出した。その日以来ゼリーの雨は何度か降り続け、その度に住民の少なくない数が倒れる事になった。

さて奇妙なのはここからだ。マクドウェルという博士がこのゼリーを分析したところ、体調不良の原因と思われる有毒物質と、それを分泌する二種の生物を発見したのだという。ところがその直後、ゼリーは何者かによって研究室から持ち去られてしまったのである。ゼリーの雨が降る直前、真っ黒なヘリコプターが何かを散布していたという証言もある。この奇妙な落下物の正体は、そして持ち去ったのはいったい誰なのか。答えはない。

一九七七年三月のある日曜日、イングランドの舗道を教会帰りの夫婦が歩いていた。その途中、夫は雨のような、もしくはボタンがコートからほつれ落ちたような音を聞き、立ち止まった。だが、すぐに彼はそれが雨音でもボタンが道に落ちた音でもないと悟った。

周囲に、ヘーゼルナッツの硬い実がシャワーのように降り注いでいたのである。ナッツの雨は十数秒にわたって道や車のボンネットを鳴らし、通行人を痛めつけ、やがて止んだ。妻がナッツをつまみあげてみると、実は新鮮そのものだったという。

しかし、このエリアにヘーゼルナッツの木は一本もなかった。おまけにナッツが降った季節は三月だが、ヘーゼルナッツの実が成るのは九月から十月なのだ。木の実がどこから降ってきたのかは、今も不明のままだ。

ノルウェーのテレビ局「ＮＲＫ」が、二〇一五年に起こった事件を報じている。男性が同国の山でスキーを楽しんでいた最中、降り積もる雪の上に細長い無数の物体を見つけた。落ちていたのは、なんとミミズだった。しかもミミズたちの多くは生きていたのである。季節は冬の真っ只中、おまけに現場は雪山。どう考えても地面から出てきたとは思えない。

この奇妙なニュースが流れると、視聴者から「私もミミズを見た」と電話が殺到した。雪山から四百キロ以上離れた場所での報告や、「降ってきた現場を目撃した」というものもあった。竜巻によって運ばれた説が有力視されているものの、真相はわかっていない。

中国の山東省にある青島では二〇一八年、海鮮の雨が降っている。市街地を走っていた車のフロントガラスやボンネットに、タコやエビが次々と激突したのである。

この日、街では瞬間最大風速三十五メートルという強風が発生しており、郊外では雹も観測されていた。気象関係者は「どうやら黄海上で巨大化した竜巻が魚介類を吸い上げ、運んできたらしい」と見解を述べている。ちなみに落ちてきた魚介のほとんどは、市民の胃袋におさまってしまったそうだ。

では最後に、こんな話を聞いた事があるだろうか。

ある男性が仕事を終えアパートに帰ってきた。駐車場で車から降りると、金属音がして目の前に一本の太い釘が落ちてきた。

釘は赤黒く錆《さび》だらけになっており、頭の部分が四角形という変わった造りのものだった。周囲を見たが、犯人らしき人影は見当たらない。タイヤがパンクでもしてはまずいと思い、男性は釘をポケットにしまい、部屋に戻って机の上に置いておいた。

翌日、彼は両親が死んで空き家となった実家の解体に立ち会うため、他県に出かけた。業者によって解体されていく我が家をしみじみと眺めていた最中、彼は廃材のあいだに奇妙なものを発見した。

柱に打たれた一本の古い釘である。赤く錆びたそれは頭の部分が真四角になっていた。つまり、昨日駐車場で拾ったものと全く同じ形状だったのだ。

アパートと彼の実家は直線距離で三百キロ以上も離れている。また、アパート周辺にはこのような釘を使う古い家は一軒も存在しない。

彼は、実家の解体が完全に終わるまでの二ヶ月間で計四本の古釘を拾ったそうだ。更地になってしまってからは、もう釘が降る事はなかったという。

死の奇録

あまりにも奇妙な死

人の死は悲しく、忌まわしい。だが時として、あまりにも奇妙な死に様ゆえに、恐怖とひとさじの笑いを混ぜて語り継がれるものもある。

死は恐ろしい。ゆえに人々は我が身に降りかからぬよう、奇妙きわまる死を噂するのだ。

一九八三年、コネチカット州にあるウール加工場のオーナーが窒息死した。毛糸の束をリールへ巻こうとした際、誤って稼働していた巨大な糸巻き機の内部に落下、およそ七百メートルもの糸が身体中に巻きついた結果、大量の糸が気道をみっちり塞いでしまったのである。

発見された遺体は、ミイラのように糸でぐるぐる巻きの奇妙な姿だったという。

一九八九年、イギリスに住むジョナサンという十六歳の青年が心臓発作で亡くなった。

彼は異常なほどの潔癖症で、とりわけ自分のにおいに敏感だったという。そのため一日に何度も消臭剤を身体中にふりかけるのが癖になっていた。奇妙な死の原因は、まさにその潔癖によるものだった。

検査の結果、彼の血液中から致死量の十倍に相当するプロパンとブタンが検出された。尋常ではない量の消臭剤を噴射し、吸引したガスが致死量に達したのである。

同様の事例は一九九九年にも起きており、十二歳の少年が亡くなっている。綺麗好きは結構だが、ものには限度があるようだ。

一九九一年、シアトルでクリストファー・ケイスという男性が死亡した。友人の通報で警察がアパートに踏み込み、死んでいるケイスを発見したのだ。

彼は衣服を着たまま空っぽの浴槽で、膝を折り曲げた祈りのような姿勢で死んでいた。また、部屋には十字架やロウソク、塩やお守りなどが散乱していた。検視の結果、ケイスの死因は心臓発作だと判明した。

警察へ通報した友人の証言によれば、ケイスは数日前から「サンフランシスコを旅行中、魔女に出会ってしまった」と、ひどく落ち込んでいたそうだ。好意を寄せてきた女性の誘いを断ったところ、怒りに触れて呪いをかけられたのだという。にわかには信じがたい話だが、友人は、「ケイスはいつも冷静で、オカルト信仰にも興味がなかった」と言っており、「あんなに取り乱した彼を見たのは、それが最初で最後だった」とも語っている。

結局、死の遠因となった奇妙な女性の正体はわかっていない。ケイスが出会ったのは、本当に魔女だったのだろうか……。

二〇一三年、ワシントンのアパートで、隣室のカップルがあまりにも激しく求めあっているのを耳にした住人が、とうとう我慢できず警察へ通報した。警官が駆けつけたところ、部屋には仰向けで息絶えている男性と、呆然とする女性の姿があった。

睦《むつ》み合っている最中、女性の豊満な胸部が彼氏の顔面を覆い、窒息死させたのである。女性は未必の故意による殺人罪で逮捕されたという。

二〇一五年、メキシコの高速道路で自動車が横転。乗っていた男性二人が死亡した。奇妙な事に、車のエアバッグは作動した形跡が見られなかった。もしやリコールに繋がる重大な不備かもしれないと警察が調べたところ、意外な事実が判明する。収納部分にはエアバッグの代わりに、二十五キロのブロック状コカインが詰め込まれていたのである。彼らは旅行者を装った密輸業者だったのだ。ドラッグの恐ろしさとエアバッグの重要性を改めて知る、奇妙な事故である。

ABCニュースが報じたところによるとシアトルで二〇一八年、七十代の女性が路肩に停まったアイスクリーム移動販売車の車内で死亡しているのが発見された。奇妙な事に死体には外傷がなく、女性は死に直結するような持病も抱えていなかった。

検視の結果判明した死因は、何と窒息死。アイスクリームを冷やすために積み込んでいた大量のドライアイスから二酸化炭素が発生、車内に充満し彼女の息の根を止めたのである。

何とも奇妙な出来事に思えるが、ワシントン大学衛生環境部門の担当者によれば同様の事故は定期的に起こっているという。二〇一六年にも同じく移動販売社に乗っていた人物が車内で死亡、二〇〇九年にはドライアイス工場で、仲間を驚かそうとコンテナ内部に隠れていた男性が酸欠で死亡している。

シカゴ衛生局では、増え続けるネズミの駆除にドライアイスが使用されている。毒性が低く安価で、何よりも人体に無害なのがその理由だというが、ひとたび使用法を誤れば、先のように奇妙な悲劇を招きかねないという事実を、我々は忘れないほうが良いようだ。

未解決の謎

集団ヒステリー

自分は噂に惑わされず、デマや騒ぎにも感化されたりしない。誰でも自分をそう思っている。しかし、実際人間というのはそれほどタフに出来てはいない。すぐに影響を受け、自分を見失い、パニックに見舞われる。その好例が集団ヒステリーで、これは世界各国のあらゆる場所、時代で起きている。コックリさんでクラス中がパニックになった話などは典型だが、探してみると他にも多くの事例がある。笑うほど稚拙なものから、本当に何かあったのではと疑いたくなるものまで内容は様々だが、どの事件もどこか奇妙で面白い。

二〇〇八年、マレーシアの中学校で生徒の一人が「幽霊が校舎を飛びまわっている」と言いだした。それだけならば騒動はすぐ収束したのだろうが、なぜかこの発言は他の生徒にも伝播、最終的に二百人あまりの生徒が叫びだす集団ヒステリー状態となり、そのため学校は二日にわたって休校となった。原因は今もわかっていない。

二〇一〇年には、ベトナムの工場で女性従業員が「幽霊を見た」と失神したのを契機になんと百人近くの従業員が失神する事件が発生した。倒れたうちのおよそ四十人が病院に搬送され、五人が入院している。

二〇一三年にはバングラデシュの縫製工場で、トイレに入った女性従業員が体調不良を訴え「これは幽霊の仕業だ」と主張した事からパニックが蔓延。数百人の従業員が暴動を起こす事態となった。従業員は対処しない経営陣に抗議し工場の機械を破壊し始めたため、工場は休業。経営者はお祓いをおこなう羽目になったという。

バングラデシュでは二〇一五年にも、やはりトイレが原因でパニックが発生している。ある女子児童が学校のトイレを使用後に「気分が悪い」と言い出し、翌日に急死。するとまもなく同じトイレを使用した生徒の多くが不調を訴え、「トイレに悪霊が憑いている」と噂が拡散してしまった。その結果、児童らは登校を拒否し、学校は閉鎖。

地元評議会が霊能力者を招聘し、生贄を捧げる儀式が執りおこなわれる事態となった。

二〇一六年には、ペルーのタラポトにある学校の生徒およそ百人が、突然意識を失う、痙攣の発作に襲われる、泣きわめく、口から泡を吹くなどの症状に見舞われた。一人の生徒は「長い髭を生やした黒衣の男が絞め殺そうとしている」と騒ぎだし、別な生徒は男の存在を証明するかのように首を掻きむしりはじめた。地元民はこれを「悪魔の仕業だ」と恐れ、生徒のひとりがヴィジャ・ボード（西洋版コックリさん）で悪魔を呼びだした事が原因だと述べている。

気になるのは地元メディアに掲載された、超自然学者のフランクリン・シュタイナーの発言だ。彼によればこの学校が建っている場所では過去、実際に多くの犠牲者が出ており、校舎の建設前には無数の人骨が発見されているのだという。

同様の事件は日本でも起こっている。

近年では大阪府堺市で二〇〇七年、社会見学に向かっていた中学生がバスの中で怪談を披露したところ、バスがトンネルに入った直後から「幽霊を見た」と同級生が騒ぎ出し、十一人が過呼吸で病院搬送される事件が起こった。また、二〇〇八年には沖縄の中学校で生徒およそ二十人が「変なものが見える」と体調不良を訴え、五人が病院に搬送。学校がお祓いをおこなう事態となっている。

では、こんな話をあなたは聞いた事があるだろうか。

小学校教員の女性の話だ。

彼女は勤務歴二十年の中で四度、集団ヒステリーに遭遇している。

いずれの場合も一人の生徒が「お化けが見える」と言い始め、彼女が諌めるのも聞かず他の生徒が騒ぎ出し、最終的には過呼吸やショック症状などで一、二名が早退する。だが、たいてい翌週には生徒も落ち着いていて、いつもの日常が戻ってくるという。

「もう慣れっこです」と言う彼女だが、それでもある一点だけが気になっている。

発端となる生徒は、必ず「右手のない青い服のおばさん」を見たと騒ぐのである。

四つの小学校は、時代も場所もまるで違う。生徒たちにも共通項はひとつもない。

もしかして「その人」は自分に憑いているのだろうかと、最近は考えている。

世界の噂

世界幽霊博覧会

続刊を出すにあたり、編集者さんから「次は怪談っぽい話も少し書いてくれますか」とリクエストを受けた。レーベルの趣旨を考えれば正しい要望だが、自分は心霊体験に全く食指が動かない人間なので困ってしまった。

けれど、心霊的な「噂」であれば話は別だ。本当に存在するかしないかに興味はないが、「出る」と囁かれる場所や事件は面白い。そこに歴史と人の好奇心が渦巻いているからだ。

あなたは、世界各国のこんな噂を知っているだろうか。

・イギリス

ロンドン南西部、テムズ川上流にあるハンプトン・コートはヘンリー八世の宮殿である。ヘンリー八世は生涯で六人の王妃を娶《めと》り、そのうち二人の首を刎《は》ねた事で知られている。そんな血なまぐさい歴史ゆえ、観光名所となった現在も様々な噂の温床になっている。

宮殿の階段には王妃の一人、ジェーン・シーモアが姿を見せるという。ジェーン王妃は世継ぎとなるエドワード六世を出産したが、産後の肥立ちが悪く半月後に亡くなっている。そのため未練を残し、たびたび出現するのだという。特に息子エドワードの誕生日である十月十二日には、観光客の多くがジェーンらしき白いドレスの女を目撃している。

五人目の王妃キャサリン・ハワードは、結婚からわずか二年で処刑された悲劇の人だ。処刑のために部屋から引きずり出された際、王に直訴しようと廊下を走ったという逸話があり、この廊下は現在「ホーンテッド・ギャラリー」と呼ばれている。その名のとおり、この廊下では誰のものともしれない絶叫が何度となく聞かれている。彼女たち以外にも、自分の首を小脇に抱えたアン・ブーリン王妃や（彼女は黒魔術を使った罪で斬首された）、当のヘンリー八世自身も目撃されているという。

これらは古いエピソードではない。二〇〇三年には宮殿の監視カメラが、防火用の扉を閉める長いドレスの人影をとらえている。また二〇一五年には、宮殿を見学に訪れた若い女性二人が、自分たち以外誰もいないはずの部屋でドレスをまとった長身の女性を目撃、何と携帯電話で撮影に成功したと「デイリー・メール」紙が報じている。専門家によるとこの人影はシビル・ペンという従女で、エリザベス一世を看病した際、天然痘にかかって死んだのだという。シビルも一八二九年に目撃されて以降、いくたびも観光客の前に姿を見せている。

ロンドンのウエスト・エンドにあるドルリー・レイン・シアターは、イギリスで一番の歴史を有する劇場だ。ここでは十八世紀の衣装をまとった「灰色の男」が目撃されている。

一人や二人が見たのではない。一度などは、百五十人あまりの観客の前に出現したのだ。彼は決まってD列の席にあらわれ、貴賓席の壁へと消えていくのだという。だが、俳優の中に脅える者はいない。この男を見ると興行が大当たりすると噂されているのだ。

だが、その正体を知っても怖がらずにいられるかは保証できない。

一八四八年に劇場を修理していた際、作業員が壁の向こうに謎の小部屋を見つけている。何と部屋の中には、胸にナイフが突き刺さっている白骨死体があったのだ。死体の素性は現在もわかっていないが、多くの人はこの男こそが「灰色の男」だと信じている。白骨が見つかった壁は、いつも「灰色の男」が消えていく場所だったからだ。

・アメリカ

かの有名なロサンゼルスのハリウッドサインは、一九二三年に不動産会社が広告として設置した。当初は「ハリウッドランド」と表記されていたが、のちに「ランド」の部分が撤去され、現在のスペルになった。

そして、ここにも奇妙な噂が伝わっている。

一九三二年九月、ハリウッド警察署に「ハリウッドサインの下に死体がある」と電話が入った。警官が駆けつけると、通報どおりハリウッドサイン下の峡谷に若い女性の死体が転がっていた。捜査の結果、女性はペグ・エントウィスルという二十四歳の女優と判明。エントウィスルは十七歳で舞台デビューしたものの運に恵まれず、映画出演も一本のみという状態だった。その後の捜査で、彼女が作業用のはしごを使ってハリウッドサインの〈H〉部分に登り、そこから飛び降りていた事が発覚する。

夢破れた女優の自殺はセンセーショナルな話題となり、しばしばドラマや映画の題材としても扱われた。近年には彼女の悲劇が再び注目を集め、SNSでの募金をもとに墓碑が造られている。だが、この無名女優の死はハリウッドサインにもうひとつの物語を生んだ。

ハリウッドサイン周辺を深夜に歩いていると、眼球のない若い女が現れるというのだ。女は通称ホワイト・レディーと呼ばれており、ハイキングに興じるハリウッド周辺の富裕層を震え上がらせている。単独でハイキングしていた者の中には、ホワイト・レディーに自分と同じように投身自殺するよう促された人間もいるという。

実際、ハリウッドサインは自殺のメッカになっている。飛び降り防止の柵が設けられたほか、二〇〇〇年には地元警察が監視カメラを設置しており、動くものが確認された時は自動的に通報される仕組みになっている。にもかかわらず、ここでの死はあとを絶たない。二〇一二年には、頭部と胴体の分離した男性の遺体が見つかっている。切断された死体のあった場所は、ちょうどペグ・エントウィスルが落下したポイントだったそうだ。

アイオワ州にあるオークランド墓地は四十エーカーもの広さを誇る、アイオワ市最大の墓地であり、同時に高さ二・五メートルの漆黒の天使像、通称「ブラックエンジェル」が設置されている事で知られている。

この天使の像は一九一三年にテレサという女性の追悼に建造されたもので、当初は青銅色だったが、酸化したためやがて深い黒色になったのだという。その不吉な外観のせいか、ブラックエンジェルには奇妙な噂が付きまとっている。

地元住民によれば、妊娠中の女性は絶対に像の下を歩いてはいけないと言われている。嫉妬したブラックエンジェルが流産させるからだそうだ。また、彫像に触れたり口づけをすると、その人が処女でないかぎり六ヶ月以内に死ぬと信じられている。

二〇一〇年、ケーブルテレビ局の人気心霊番組が、この奇妙な天使の謎を解明しようと墓地を訪問した。安全を考慮し、出演者がブラックエンジェルに触れる事はなかったが、サーモグラフィ（温度を色で識別する）カメラを像の前に据えた結果、寒い冬の夜だったにもかかわらず、天使像だけ劇的に温度が上昇したのだという。

サウスダコタ州のパインリッジ・ネイティブ・アメリカン居留地には、奇妙な噂がある。「ウォーキング・サム」と呼ばれる、異様に背の高い男が夜な夜なあらわれ、運悪く彼に出会った若者へ人生の無意味さを説き、自殺したほうが良いと説得するのだという。

近年、インターネットで流行した「スレンダーマン」に似ているが、この長身の奇人の歴史はそれよりも古く、確認できる最古のものでは一九七四年前後まで遡る事ができる。四十年以上にわたり、この地区の青年は「ウォーキング・サム」に脅えてきたのである。

単なる噂と笑えないのには理由がある。この居留地では長らく自殺者が相次いでおり、とりわけ二〇一四年の十二月から翌年の六月までのわずか半年だけで、百三人もの若者が自殺しているのだ。現在、居留地では夜間に出歩かないよう警告が出され、パトロールが続けられている。にもかかわらず、自殺者の数は目立って減少してはいないという。

・メキシコ

大都市チワワの「ラ・ポピュラー」というブライダルショップは、祝事にちなんだ店であるにもかかわらず、奇妙な噂の発生源になっている。

この店のショーウインドウには、白いウエディングドレスをまとった一体のマネキンが飾られている。ラ・パスクァリータと命名されたこの人形、何と真夜中に動くというのだ。

一説によればラ・パスクァリータには、オーナーの娘のミイラが入っているのだという。かの娘は結婚式当日に病気で亡くなり、その不運を哀れんだオーナーが遺体に防腐処理を施し、ウエディングドレスを着せて飾っているというのである。

ラ・パスクァリータが設置されたのは一九三〇年代。それから八十年以上にわたり展示され続けているのだ。その顔や手には、小さなシワや産毛《うぶげ》が確認できるという。

また、着用しているドレスは頻繁に交換されているものの、着替えを許されているのはオーナーと古参の従業員だけで、服を脱いだ状態がどうなっているのかは知られていない。

このような理解しがたい要素が重なったせいで、ラ・パスクァリータは噂の的になった。多くの人が、夜中になるとラ・パスクァリータが足の位置を入れ替え、首や肘を曲げてポーズを変えると信じている。また、窓越しに微笑《ほほえ》みを送られたと主張する人間も定期的に出現するという。

しかしお国柄なのか、チワワの人々にとって、彼女は畏怖ではなく信仰の対象のようだ。聖母へ祈るように店の前へキャンドルを供える者が引きも切らず、中にはラ・パスカァリータのドレスを着ると幸せになると信じ、彼女が着用したドレスしか試着しない女性もいるという。

・マレーシア

「世界最大室数のホテル」としてギネスブックにも認定された、ゲイティンハイランドのファースト・ワールド・ホテル。非常にカラフルな外観と、館内に有するテーマパークやカジノが、多くの観光客を惹きつけている。

しかし、このホテルには奇妙な噂がある。二十一階フロアには誰も入れないというのだ。ホテルのエレベーターはこの階に決して止まらないようプログラムされていて、仮に他の部屋が満室でも、二十一階が解放される事は無いらしい。外から確認するかぎり、多くの客室が用意されているのに、である。

従業員の話によれば、この階には自殺した人間が姿を見せるのだという。ある従業員は人影が窓をすり抜け落下していくのを見たと言い、別な従業員は、首のない女性が自分の頭を探すようにうろつくのを目にしたと証言している。

宿泊客にも目撃者は多い。誰も触れていない照明が勝手に点いた、浴室の蛇口から水がひとりでに流れた、幼い息子が窓の向こうへ手を振っていたので見てみると、空中に女が浮いていた、などの報告がネット上にあふれている。

自殺の主な理由はギャンブルだ。このホテルはマレーシアを代表するカジノリゾートで、大金を得る者よりも破産する者が多い。「高層階から身を投げたり、部屋で首を吊る客などまるで珍しくない」と、従業員のひとりは事もなげに言っている。「彼ら」がなぜ二十一階に集まるのかは、誰にもわからない。

・バングラデシュ

首都ダッカ周辺には、数々の奇妙な場所が存在する。

シャージラル国際空港へと続く高速道路では、不気味な女の目撃が多数報告されている。女があらわれるのは必ず真夜中で、道路の真ん中に姿を見せたかと思うと、動いている車めがけて恐ろしい速度で近づいてくるのだという。噂では、この女は十数年前に起こった自動車事故の犠牲者で、今もドライバーたちに復讐しているのだと言われている。事実、この道路は直線にもかかわらず過去に何件もの不審な死亡事故が起こっている。

また、ダッカにあるバナニアゴルフカントリーでは、何人もの利用者が深夜に赤ん坊の声を聞いている。多くの人は「そのような事があっても不思議ではない」と口をそろえる。このゴルフ場の隣は、歴史ある墓地だからだ。

さらにダッカ大学のキャンパスホール横にある池には、ほとんどの学生が近づかない。

この池は背が立つほど浅いにもかかわらず、過去三十年の間に少なくとも十二人が溺死しているのだという。池の前には現在「水泳や入浴を禁止する」と看板が立てられているが、看板を設置した職員はその夜、夢の中で長髪の女に「食べ物を奪うな」と脅されたと言い、その週のうちに仕事を辞めたそうだ。

・インドネシア

ジャワの州都スマランの中心部は、ラウン・セウという建物がある。巨大な窓が無数の扉に見える事からジャワ語で「千の扉」と命名されたこの建造物は、オランダ統治時代の一九〇三年に建てられ、当初は駅として利用されていたという。

その後、日本軍がジャワ島を占領するとラウン・セウは捕虜の収容所となり、数多くの人命を奪った忌まわしい建造物へとその価値を変えていった。地下のトンネルは、捕虜を拷問する場所として使用され、地下室には切り落とされた死者の頭が積まれていたという。

そのような歴史のために、ここでは現在も奇妙な目撃例が絶えない。階段では、拷問の末に自殺した少女が歩き回ると言われ、少なくない数の観光客がその姿を目にしている。

地元テレビ局は何度となくこの場所でロケをおこない、そのうち何回かは奇怪な人影を撮ることに成功した（その一部はインターネットで閲覧できる）。しかし、現在は取材数が以前より減ったという。あるロケに参加したタレントの一人が数日後に変死した、という話が広まったからだ。真実は不明だが、スマラン住民は「あそこなら不思議ではない」とその噂を頑なに信じている。

世界の噂

コーク・ロア

食品に関する流言飛語には様々なものがあるが、コカ・コーラほど胡散臭い噂と相性が良い食品はない。「コーク・ロア（コカ・コーラの噂）」という造語が存在するほどなのだ。世界トップクラスを誇る知名度と、決して健康的とはいえないイメージが人々の猜疑心と好奇心を助長しているのだろう。

もっとも有名なものは「コカ・コーラにはコカインが使われている」という噂である。名前からの想起と思われるが、実は一八八六年に初めて製造された際には、コカの葉からとった抽出物が実際に用いられていた。もっともその量は極めて少なく、中毒を発症するほどではなかったという。一九〇三年にアメリカでコカインが禁止されて以降、原料には全て脱コカイン処理がなされており、麻薬に準ずる成分は入っていない。

また、「コカ・コーラを飲むと歯や骨が溶ける」という恐ろしい噂も根強く残っている。飲み続けたせいで骨が溶ける事は無いそうだが、コーラに含まれる糖分や強い酸によって歯のエナメル質が溶ける可能性はゼロではないそうだ。とはいえ、野菜ジュースや黒酢も同程度の酸性であるから、コカ・コーラだけが歯に悪いというわけではない。

他には「ネズミの死体が瓶の中に入っており、口止め料に高額の金が払われた」という話が有名だが、これは何と本当らしい。調べたところ一九一四年にはミシシッピー州で、一九三一年にはケンタッキー州、一九七一年にはバージニア州で、ネズミの一部が瓶内に混入した事例が実際にあったのだ。一九七一年のケースはワシントン・ポスト紙にも掲載され、購入者は約二万ドルの賠償金を得たという。このように、虚実がないまぜになっている点も、「コーク・ロア」が百年以上にわたって語り継がれる所以なのかもしれない。

だが、「コーク・ロア」を「コーク・ロア」たらしめている一番の要素は、謎に包まれたレシピである。コカ・コーラの独特な味わいは、柑橘《かんきつ》類ならびにスパイスのフレーバーで作られている。そこに砂糖やシロップを混ぜ炭酸水で割ったものこそ、世界中が愛飲するあのコカ・コーラなのだ。

ところが、実はひとつだけ公にされていない材料がある。

通称「7X」。含有率にして一パーセント未満しかないこの「7X」と、先ほどのフレーバーを混ぜ合わせる事でコカ・コーラは誕生するのだ。しかしその中身も、フレーバーとの配合割合も全てトップシークレット。本社でもレシピを知る者は最高幹部二名のみだという。その理由は、仮に片方が不慮の事故などで突然死しても、一人が生きていればレシピは存続できるから。そのため、事故を避けて二人は同じ飛行機や車に乗らないという噂もある。

「7X」のレシピは、過去にはアトランタの銀行に預けられていたが、二〇一一年以降はコカ・コーラ博物館内の専用金庫に移送されている。一般客も金庫自体は見学できるが、あくまで金庫の手前まで。内部は一切公開されておらず、入庫するにはキーロック装置と指紋スキャナを解除し、監視カメラと警備員の身体チェックをクリアしなくてはならない。これほどまでに厳重なセキュリティが必要な「一パーセント未満」なのだ。

そんな「7X」の正体を探ろうと、これまでプロアマ問わず数多くの研究者がレシピを再現してきたが、成功した者は誰もいない。「もしかして味とは無関係の成分なのでは」と疑問を呈した研究者もいるが、本社はいっさいの回答を拒否している。

さて、こんな噂をあなたは知っているだろうか。

ある日本人サラリーマンが十数年前、アメリカのある州へ出張した時の話。

無事に仕事を終え、酒場で独り祝杯をあげていたところ、中年の白人が近づいてきた。白人は身なりこそ綺麗だったがひどく酔っぱらっており、「始まるぞ」「いよいよだぞ」とわけのわからない言葉を繰り返すばかりで、会話がまるで成り立たない。真面目に相手をするのも面倒だと、サラリーマンは適当にその場をやり過ごしていた。

するとそのうち、白人の男は「7Xだよ」と連呼しはじめた。

何か記号のようだったが、聞いた事がない。思わず「どういう意味ですか」と尋ねると、白人の男は真剣な目に戻って、ニヤリと笑った。

「7Xは香料なんかじゃない。寄生虫から抽出した成分で、人の脳の深部に作用するんだ。これを服用すると攻撃的になるが、恐ろしく遅効性だから誰も気付かない。十年か二十年飲まなければ効き目が現れないんだ。だからあと十年も経つ頃には、7Xのせいで人間は何にでも怒るようになり、世界中が分断されるのさ。それが〈あいつら〉の狙いなんだよ」

さらに詳しく聞こうとした次の瞬間、店内にスーツ姿の男たちがズカズカ入ってくるや白人男性の両脇を抱え椅子から強引に立ち上がらせた。サラリーマンが唖然としていると男たちは「私たちの仲間だ。今夜の出来事は忘れてくれ」と言い、チップにしては高額な金をテーブルに置き、白人男性を連れ去っていった。

口止め料だったのかもしれないと気付いたのは、帰国してからだったという。

世界の噂

奇しいラベルの世界

世界最大手のカフェチェーン、スターバックスのロゴである人魚マークは一九七一年に作成されたもので、木彫りの版画がベースになっている。だが実はこのラベルには、あるメッセージが隠されているというのだ。

最初期のロゴを上下反転させると、二股になった人魚の尾が捻じ曲がった角のように見えてくる。これは黒山羊の頭を持つ悪魔、バフォメットなのだという。

バフォメットはイスラム教の指導者マホメットが転じた名前だとされており、いわば反キリストの象徴として知られている。つまりスターバックスは悪魔崇拝の秘密組織であり、その野望を達成するため世界中へその根を伸ばしているというのである……。荒唐無稽としか言いようのない噂だが、悪魔説支持者は「れっきとした根拠がある」と主張している。

ちなみに最初期のマークは一九九二年、人魚をモチーフにしながらも、別なデザインに変更されている。「二股の魚の尾が足を広げる女性のようで卑猥だ」と苦情が入ったためと言われているが、一説によれば、ある人物が大きく関与しているらしい。

それは、十七世紀の天文学者ガリレオ・ガリレイ。彼は当時のカトリック教会が唱える天動説を否定し、地動説を提唱した事により宗教裁判にかけられた。ローマ教皇庁からは厳しく批判され、その結果晩年は悲惨なものであったという。つまり、キリスト教によって人生を狂わされた人物なのだ。

ところが人魚マークが変更された九二年十月、ローマ教皇庁はガリレオの裁判が誤りであったと正式に発表、死から三百年以上を経て、彼の名誉は回復されたのである。

この「キリスト教の敗北」に気を良くしたスターバックスが、祝福の証として逆さまの悪魔を取り消し穏当なデザインにしたのだと、悪魔説支持者は信じている。

世界的カフェに地動説が絡んでいるとはどうにも信じがたいのだが、さて真相はいかに。


コーヒーと並んで世界中で嗜好されている品といえば、タバコである。そんなタバコにまつわる噂では、アメリカのラッキーストライクがとみに有名だ。

ラッキーストライクは広島に原爆が投下された際、爆撃機の搭乗員がキノコ雲を見て叫んだ「ラッキーストライク！」という言葉が由来なのだといわれている。また、赤い円のロゴは日の丸、つまり日本が原爆でやられている様子を表しているというのだ。

しかし、この噂はまぎれもないデタラメ。ラッキーストライクの発売は一八七一年と、第二次大戦よりはるか以前の話。現在のデザインになったのは一九四〇年だが、赤い円は日の丸ではなくブルズアイと呼ばれるマークが元になっている。抽象的なデザインゆえに誤解が生じやすいのだろう。しかしそれもまた、人気の裏返しなのかもしれない。

同じアメリカのタバコでは、マルボロにも様々な噂がある。

マルボロのロゴ上部に描かれている紋章は、アメリカの富豪ロスチャイルド家の家紋と同じなのだという。噂によれば、ロスチャイルドは秘密結社イルミナティのメンバーで、マルボロはそれを暗に示しているのだそうだ。

証拠として挙げられるのは、パッケージのマークの背後にある三角形。これは秘密結社イルミナティのシンボル「一つ目のピラミッド」に酷似しているのだとか。

また、マルボロという文字の上半分を隠して上下逆さにするとまったく別なデザインが現れる。それは「首を吊った人間」と「その姿を見ている人間の足」。これは、首を吊った黒人を眺めて笑う白人だと言われており、実はここにも暗号が隠されているらしい。

パッケージの赤地部分を確かめると、アルファベットのKに似た模様が浮かびあがってくる。そして、このKは箱の裏側と底の部分でも確認できるのだ。合計三つのK、これはアメリカの白人原理主義をうたう秘密結社・KKKの頭文字と同じであり、このKKKは先ほど紹介したイルミナティの傘下団体だといわれている。その証拠に、紋章の一部には横断幕を手にした三角頭巾の人物らしきイラストが見える。これは、KKKのメンバーが黒人を虐殺する際の衣装にそっくりなのだ。

ちなみに横断幕に書かれている文字は「VENI・VEDI・VICI（来た・見た・勝利した）」。これは、古代ローマの将軍ジュリアス・シーザーが戦争に勝利した時発した有名な言葉である。つまり、横断幕は「世界の覇権を手に入れた」と宣言しているのだ。

これら複数の事から、マルボロはこの世を裏で牛耳る秘密結社が、自分たちのを誇示するメッセージとして作られたタバコだと噂されているのである。

以上はあくまで噂、真偽はわからない。だが、マルボロが世界で最も売れている銘柄のひとつであるのはまぎれも無い事実なのだ。

ラクダのイラストが印象的なタバコ、キャメルにも不穏な噂が伝わっている。実はこのラクダの前足部分には、裸の男性が密かに描かれているというのだ。いったいなぜ、そのような変わった絵をこっそり隠したのだろう。

サブリミナル効果という言葉をご存知だろうか。広告や映像にメッセージや記号などをそれとはわからないよう紛れこませ、見ている者を無自覚のうちに洗脳させる手段である。

例えば、映画のフィルムに一、二コマだけ、特定の炭酸飲料の写真を挿入したとする。流れるのは一瞬なので、観客はまったく気がつかない。ところが潜在意識にはしっかりと焼きつくため、知らぬ間に炭酸飲料の情報が刷り込まれ、観客は自分でもよくわからないまま炭酸飲料を買ってしまい、売り上げがアップするわけだ。この巧妙なサブリミナルの手法が、タバコのキャメルにも使われているというのである。裸の男性や筋肉質なラクダ（さらに、別デザインには、生殖器を腰の前に突き出す男性が隠れているという）などの性的な図柄によって、消費者は知らぬまにキャメルに注目してしまい、結果的に購入者が増える……ラクダの絵柄のパッケージには、そんな隠れた狙いがあったと噂されている。

その効果かどうかは不明だが、キャメルの銘柄は現在、世界第五位の売り上げを誇っている。もしかして世界は、私たちの知らない策略で満ちているのかもしれない。

「コーク・ロア」で紹介したように、世界を代表する炭酸飲料、コカコーラにも噂が多い。その中にはもちろん、ラベルやロゴに関するものも存在する。

コカコーラのアルファベット表記のロゴは、一八八六年にフランク・ロビンソンという人物によって作られた。ところがこのロゴを鏡に映すと、アラビア語で「ムハンマド」と「メッカがない」という、イスラム教を揶揄《やゆ》する二つの単語になるのだという。

フランクは熱心なキリスト教徒であったため、十字軍遠征の恨みをこのような形で復讐しているのだ……というのが陰謀論者の主張だが、コカコーラ側はこの噂を正式に否定し、「ロゴの作成にあたっては言語学者や聖職者を交え、どの国でも別な意味を有しないよう研究した」と反論している。常識的に考えればコカコーラ側に分があるように思えるが、容易に露見しないメッセージほど効果が高いとすれば、にわかには否定しづらくもある。

多くの謎を抱えたまま、今日も私たちはコーヒーやタバコ、コカコーラを楽しんでいる。

最後は、口直しに嘘のような本当の話を。

愛飲者の多いヱビスビールには、シークレットラベルと呼ばれるデザインが存在する。

通称「ラッキーヱビス」と呼ばれるラベルは、左腕にタイを抱える通常ラベルと異なり、背中部分のカゴに、もう一匹タイが入っているのである。

このラベルが採用されているのは瓶ビールのみ、その確率は数百分の一本だという。

滅多に出会えない幸運のラベル。酒場でヱビスの瓶を見つけたあかつきには、運試しに探してみてはいかがだろうか。

死の奇録

あまりにも皮肉な死

人間の運命を操っているのは、神ではなく悪魔なのかもしれない。そんな疑いを持ってしまうような皮肉めいた死が、時として我々のもとにもたらされる場合がある。

オーストリアのブラウナウ市長、ハンス・ステイニンガーは「市で一番長いヒゲの持ち主」として知られていた。その長さは何と四フィート（一メートル二十センチ）。あまりに長いため、普段は専用の皮袋にヒゲを詰めて歩くほどであったという。おかげでハンスを知らない者はおらず、彼自身も「このヒゲは私にとって幸運の女神だ」と自慢していた。

しかし、自慢のヒゲは皮肉にも、女神ではなく死神だったようだ。一五六七年に市内で大火が発生した際、ハンスは自身のヒゲを皮袋に戻すひまもなく逃げ出し、階段でヒゲを踏んで転倒、首の骨を折って死んでいる。

一八八〇年、タイ王国のスナンター王女は宮殿へ向かうボートに乗っていた。ところが道中で船が転覆し、王女は水中に投げ出されてしまう。船の周囲には使用人や家臣など多くの人が居たが、誰も王女を助けようとせず、彼女は皆が見守るなかで溺れ死んでしまった。実は当時のタイは「王族に触れた臣下は死刑」という厳格な規則があったのである。皮肉にも、厳しい王政が王女の命を奪ったのだ。

一九五八年、英国の名優ガレス・ジョーンズはドラマの生放送中に心臓発作で死亡した。彼が演じるのは、皮肉にも心臓発作から一命を取り留める役どころだった。幸か不幸か、ガレスが死んだのは幕間だったため他の演者が続きをアドリブでこなし、放送は無事に終了した。

一九七四年、ロンドンに住む健康マニアの男性は、十日間でおよそ四十リットルの人参ジュースを摂った結果、ビタミンAの過剰摂取により肝臓に負担がかかって急死した。

命こそ落としたものの、皮肉にも人参ジュースは効果抜群だったようで、男性の死体はあざやかな黄色に変色していたという。

一九八五年の夏、ニューオリンズの巨大プールでライフガード（救命士）たちのパーティーが開催された。その夏、プールで一人も死者が出なかった事を祝う催しだった。ところがパーティーが終わる頃、皆はプールの底に沈んでいる男性を発見した。男性はすでに溺死していた。皮肉にも、会場にいた二百人あまりの救命士は誰も彼に気付かず、輝かしい記録も、当然ながらその日でおしまいとなった。

一九九三年、カナダはトロントに住む弁護士の男が、高層ビルの窓ガラスは割れないと証明するため、二十四階の窓に体当たりし、そのまま地面に転落して死亡した。たしかにガラスは割れなかったが、衝撃で枠ごと窓が外れてしまったのである。

この事故の影響で、男が立ちあげた弁護士事務所は閉鎖されてしまったという。

ニューヨークでは一九九六年、メトロポリタン劇場でおこなわれていた歌劇の公演中、出演者の俳優リチャード・ヴァーサルが舞台の梯子から転落し、その場で亡くなっている。

彼が死の直前まで歌っていたのは「あなたはとても長生きできるでしょう」という名の、何とも皮肉な曲だった。

一九九七年、ペンシルバニア州の刑務所でひとりの囚人が死亡した。

亡くなったベイカーは金属製のトイレに座り、手製のヘッドホンで音楽を楽しんでいた。ところが、粗雑なつくりのヘッドホンは配線がむきだしになっており、その一部が便座に接触したため感電死してしまったのである。ちなみに、彼は第一級殺人で死刑判決を言い渡されたが、その後に終身刑へと減刑された「元死刑囚」だった。

電気椅子を免れたはずが、皮肉にも電気椅子とほぼ同じ方法で死んだのである。

同様の事故は一九八九年にも起きている。

やはり死刑から終身刑へ減刑され電気椅子を免れたミカエル・ゴドウィンは、金属製のトイレに座ったままテレビの修理をおこなっていた。その最中に、テレビの配線を噛んだところ金属の便座を伝い電気が全身に流れ、感電死している。

一九九九年、パレスチナのテロリスト三人が時限爆弾テロを仕掛けようと車で移動中、予定時刻より早くスイッチが作動し、全員が爆死した。

標準時間からサマータイムに切り替えるのを忘れていたのが原因だった。

二〇〇六年、「クロコダイル・ハンター」の異名を持つ有名な環境保護運動家の男性が、オーストラリアで死亡した。

皮肉な事に、自然の恐ろしさを伝えるドキュメンタリー番組「最悪の海」をグレート・バリアリーフで収録中、有毒のアカエイに胸を刺されて心停止したのである。

二〇〇九年、オハイオ州に住む十九歳の青年には妙な趣味があった。「一時停止」の交通標識を路上から次々と盗んでいたのである。

ある日、いつものように車で街をうろつき、目につく「一時停止」の交通標識を盗んでいた青年だったが、とある交差点にさしかかった際、横からきた大型トラックと衝突、即死した。

皮肉にも、青年が「一時停止」の交通標識を見落として交差点へ侵入したのが事故の原因だった。


二〇〇九年、オーストリアで男性が自宅のエレベーター内に閉じ込められてしまった。敬虔なクリスチャンだった彼は神に祈り、その願いが通じたのかまもなく消防隊が到着、無事に救出された。

すぐに男性は神に感謝を捧げるため教会へおもむき、石造りの祭壇を抱擁する。

次の瞬間、重さ四百キロの祭壇が崩れ、彼はその場で圧死してしまった。


二〇一〇年、イギリスに住む男性が立ち乗り式電動二輪車「セグウェイ」で自宅付近を散歩中、誤って崖から九メートル下の川へ転落死した。

彼の名はジェームズ・ヘデルゼン。

死の前年に当のセグウェイ社を買収したばかりの富豪だった。

中国の広東省で二〇一四年、著名な風水師が顧客から土地の鑑定を頼まれた。現地へと赴き「ここは最高の土地です」と鑑定した直後、付近の川から大量の土石流が流れ込み、風水師は死亡した。

犯罪の噂

はなじち

こんな噂を、あなたは知っているだろうか。

ある男性の実兄は、法的に認可されていない金融業、いわゆるヤミ金で生活している。その兄が酒の席で「最近、マスクをしてる人間が多いだろ」と言ってきた。「インフルエンザも流行ってるしね」と適当に相槌を打つと、兄は笑って「あの中にはな、マスクが外せない人間もいるんだよ」と答え、次のような話を教えてくれたのだという。

兄によれば、借金を取り立てる場合には、相手へ質札を渡す事があるらしい。質札とは質屋で預かった品と引き換えに渡す預かり証の事だが、もちろん質屋のように正規の紙を用意するわけではない。渡すのは、ある病院の診察券なのだそうだ。

「お前が借金したとして、何を質草に取られたら一番困ると思う?」

「うーん……車とか、家かな」

「そんなもんは無くても暮らせるし、金があれば何とかなるだろ」

「つまり、金ではどうにもならないものって事？」

「そう考えたらわかるだろ……自分の体だよ」

「じゃあ……臓器を売るって事？」

彼がそう言うと、兄は再び笑って否定した。

「臓器はいっぺん売り飛ばしたら終わりじゃないか。質草にはならねえよ」

「でも、自分の体って言ったじゃん」

「無くても命に支障はないけれど、ものすごく困るものがあるだろ」

兄は人差し指で、顔の真ん中をつついた。

「鼻か」

「そう、健康で頭もそこそこ良い、要は金を返せそうだけどハラの決まってないヤツは、拉致って鼻を切除しちまうんだよ。もちろん、ちゃんとした病院で手術するんだぞ」

「でも、鼻なんて切り落としてどうするのさ」

「今の医療技術ってのは凄くてな、半年程度ならもう一度きれいにくっつけられるのさ。

だから、鼻は質草になるんだ。何とか金をかき集めてきたヤツは再手術してやるんだよ。もちろん、二回の手術費用も借金に上乗せしてな。人質ならぬ鼻質ってわけだ」

「……みんな、返すものなの？」

「驚くくらい頑張るね。やっぱり人間、鼻が無いってのはシンドいみたいだ。日常生活はマスクで隠せば何とかやり過ごせるのもデカいらしい。俺が担当したヤツは、ほぼ全員が返済したよ。耳を揃えて鼻を返してもらうってのも、変な話だけどな」

兄は唖然とする男性に向かって、この方法は上層部が中華系の組織から聞きつけてきた事を告げ、「あの国の連中の考える事は、本当に恐ろしいよ」と言った。

借金の時効は基本的に五年または十年と定められているが、短期消滅時効に分類されるものは、文字どおりさらに短い。例えば退職手当は五年で時効が成立し、卸売業の商品は二年で債権が消滅する。飲食店や旅館の飲食代はさらに短く、一年で時効となってしまう。つまり、飲み屋のツケは一年逃げきれば無効になるわけだ。

もちろんこのような行為は褒められたものではないし、本編に登場したヤミ金融の業者には通じない理屈である。鼻を切除される前に、無理な借金はしないのが賢明だ。

死の奇録

肝だめ死

一九九六年、富山県に暮らす十九歳の少女ふたりが「肝だめしに行く」と家族に告げて車で出かけたきり行方不明になった。

その後の捜査で、ふたりは心霊スポットとして有名な廃ホテル跡に向かった事が判明。だが、それ以上の手がかりは得られないまま、現在も彼女らの消息は知れない。

ちなみに、廃ホテルのオーナーも倒産直後から行方不明になっている。

噂や事件を集めていると、こういった肝だめしに関連したニュースにたびたび出会う。勝手に「肝だめ死」と名付け、分類している。

私だけかも知れないが、こういったニュースを聞くと何とも奇妙な気分になってしまう。

死に近づきすぎて、死に魅入られてしまったとでも言おうか、運命に裏切られたような皮肉さが漂っているような気がするのだ。興味深い事にこの手の話は国内にとどまらない。海外でも多くの事例がある。

もしかして、主だった事例を並べてみれば、そこには新たな発見があるのではないか。私が気付けなくても、読者の誰かが見つけるのではないか。

そんな期待を込めて、この章を書いた。


「肝だめ死」でもっとも多いのは、現地へ向かっている途中に亡くなるケースだ。

何となく、禁忌の地からの警告に思えてしまう。


二〇〇八年、神奈川県の県道を走っていた乗用車が車線を大きくはみ出し電柱に衝突。乗っていた五人のうち四人が死傷している。五人は鎌倉市の心霊スポットとして知られるトンネルへ肝だめしに行く道中だった。

二〇一二年には、兵庫県で肝だめしのために霊園近くの道を歩いていた中学生の男女がトラックにはねられ、女子中学生が死亡している。

二〇一三年、愛知県の国道で男女五人の乗った車が分離帯に衝突した。ひとりが死亡、ひとりは重体。残る三人も重軽傷を負っている。彼らも心霊スポットに向かう途中だった。

埼玉県では二〇一七年、少年四人の乗った自動車が崖下に転落、運転手が死亡している。やはり肝だめしに向かう途中での事故だった。なお、助手席に座っていた少年によれば、走行中に突然エアバッグが作動、衝撃でハンドルが効かなくなった結果、車がフェンスを突き破ったのだという。エアバッグが開いた原因は、今もはっきりしていない。

海外での事例も挙げてみよう。

タイでは二〇〇九年、廃墟へ忍びこんだ男女が車で樹木に激突。この事故で乗っていた女子大生が車外に放り出され、首の骨を折って死んでいる。

ドライバーによると、廃墟で妙なものを目撃して全員がパニックを起こし、慌てて車で逃げだしたのが発端だったという。猛スピードでその場を離れていたところ、突然車のハンドルが動かなくなったとドライバーは証言している。

肝だめしに向かった廃墟は、かつて「コブラ女」というホラー映画のロケ場所だったが、数年前に強姦殺人が発生して以降は、幽霊屋敷として知られていたそうだ。

ちなみに車が激突したのは、ラントムという木だった。不幸を意味するラトムに発音が近いため、通常は人家のあるエリアに植えない。そんな木がなぜこの場所にあったのかは不明のままである。

鉄道が絡んだ「肝だめ死」にも、なぜか奇妙な符丁がつきまとう。

シルクに滲《にじ》んだインク染みのように謎が一点、ポタリと垂れている。

二〇一二年、大阪府で深夜にJRのトンネルを歩いていた男子高校生が電車に撥ねられ、死亡した。事故当時トンネル内には十代の男女十三人がおり、肝だめしで心霊スポットに向かったところ、なぜか道に迷い、線路沿いに歩いて帰宅する最中だったという。

翌年の二〇一四年には、京都府八幡市の線路内で十六歳の少年が急行にはねられて死亡。

仲間らと肝だめしに向かった結果、どうした事か帰り道がわからなくなり、線路に迷い込んだすえの事故だった。現場から一キロほど進んだ先にはコンクリート製の廃虚があり、詳しい人間によると「京都一の心霊スポット」として知られているそうだ。

米のミズーリ州では二〇一二年、旅客列車が踏切内に停まっていたSUV車に衝突し、乗っていた女子高生五人のうち三人が死亡する事故が発生した。

この踏切は昔から心霊スポットとして有名で、亡くなった女子高生らは「幽霊列車」という肝だめし（深夜、踏切内に車を停めていると、時刻表にない列車が走ってくるというもの）を敢行していたのだという。やがて、線路のはるか彼方から列車が近づいてきた。「本当に出た！」と大騒ぎしていた彼女たちは、それが幽霊ではなく本物の列車であるとしばらく気が付かなかった。

ようやく気付いた時には手遅れだった。

なぜか車はエンジンがかからず、おまけに五人のうちふたりのシートベルトが外れなくなっていた。おまけに外へ逃げだしたうちのひとりは、突然列車が間近に迫るSUV車にダッシュで引き返し、撥ねられて死んだ。

その後、踏切付近は「死んだ三人の幽霊が出現する」と噂になり、新たな肝だめしのメッカになっているという。

死に魅入られるように肝だめしに出かけ、本物の死に出会うケースも多い。

読売新聞が報じたところによると、二〇〇四年に福岡の廃リゾートホテルで肝だめしをしていた大学生四人が、首を吊って自殺した男性の遺体を見つけている。

岐阜県では二〇〇八年、肝だめしに廃屋へ忍び込んだ中学生が白骨化した死体を発見。白骨は押入れに敷かれた布団に横たわっていたという。

二〇一二年には愛知県内の廃旅館で、座った状態の白骨化した死体が見つかっている。

この旅館は肝だめしに訪れる不届き者があとを絶たず、関係者によると一年以上前から「本物の死体がある」と噂になっていたらしい。誰ひとり通報しなかったのだろうか。

台湾では二〇一七年に、肝だめしスポットとして有名な廃墟で死体が見つかっている。死体は男性のもので、見つけたのは肝だめしサークルの一団だった。

サークルのメンバーは侵入当日の午前中にも下見をしていたが、その時は死体を見つけられなかったと証言している。しかし、警察発表によれば、男性は死後一、二週間が経過していたというのだ。

おかしな事はもうひとつある。

地元紙の報道によると発見時、遺体の近くには線香が刺さった白飯や小銭が供えられていたという。つまり死体をそのまま放置し、拝んでいた人物が存在するのだ。

誰が何のためにそんな事をしたのか、すべては謎のままである。

最後に、こんな噂をあなたは知っているだろうか。

北関東の山奥に、心霊マニアの間で有名な廃墟がある。

この建物では過去に一家が心中自殺を遂げており、その影響か、訪れた人間の多くが「室内に入ってしばらくすると吐き気に襲われた」「経験した事のない寒気を感じた」「何かに取り憑かれたように体調が悪化した」などと証言している。

ところが地元関係者によると、この建物で心中事件などは起こっていないのだそうだ。そもそも所有者自体が個人ではないのだという。

「廃墟を含めた周辺の土地は過去も現在も、とある建設会社の持ち物ですよ。従業員によれば、厳重に管理しなくてはいけない危険な廃棄物を、こっそりと棄てているそうです。あまりに危ないので、作業員たちは棄てる際に十五分以上は滞在しないよう言われていると聞きました」

つまり、肝だめしに訪れた人間たちが感じた体調不良の原因は……。

やはり、忌まわしいとされる場所には近寄らないのが賢明なようだ。

未解決の謎

還《かえ》ってきた死者

死者があの世から帰ってきた……ごく稀に報告される事例だ。

南アフリカでは二〇一八年、車の事故で死亡した女性が遺体安置所で息を吹き返した。事故現場に駆けつけた救急隊員複数名が死亡を確認したにもかかわらず、蘇生したのだ。

インドでも同年、家族に見守られ亡くなった九十代の男性が葬儀直前に生き返っている。伝統的な習慣にしたがい、遺族が男性の胸に冷たい水をかけたところ、復活したのである。蘇生後、男性は「胸が痛かったので少し昼寝をしていただけだ」と主張した。

家族にとっては喜ばしいかぎりだが、以下に紹介するのはこのような祝福すべき死者の復活ではない。忽然《こうぜん》と消えた人間がとんでもない場所で発見されたという、奇妙な話だ。

一五九三年十月、メキシコシティの知事官邸前で警備兵が怪しげな風体の男を発見した。男はこのあたりでは見た事のない服装で、おまけに銃を所持していたのである。警備兵はすぐさま男を包囲して軍の事務所へ連行、「何者か」と尋問した。すると男は戸惑いながらギル・ペレスと名乗り「つい先ほどまでフィリピンのマニラにいた。総督が暗殺されたため宮殿へ警護に向かっていた。なのに、気が付いた時にはこの場所を歩いていたのだ」と、流暢《りゅうちょう》なスペイン語で告げた。

当時フィリピンはスペイン領であったから、メキシコと同じくスペイン語を話せるのは辻褄があう。しかし一五九三年といえば、帆船での航海が主流だった時代である。フィリピンからメキシコまでの距離は一万四千キロ。ゆうに二ヶ月はかかる。

警備兵たちは彼の弁解を与太話と一笑し、哀れペレスは不審人物として逮捕され、サン・ドミンゴ島へ移送されてしまう。ところがそれから数ヶ月後、フィリピンからメキシコに着いた貨物船の船員が驚くべき情報を告げる。確かにマニラ総督は暗殺されたというのだ。調べてみると総督が殺された日付は、ペレスが証言したものとぴったり一致した。

この船員の証言が決め手となってペレスは釈放され、祖国への帰還を許されたという。マニラでは、すでにペレスは総督殺害に巻き込まれ死んだと思われており、家族や知人は思いもかけぬ死者の帰還にとても驚いたそうだ。

にわかに信じられない話だが、この出来事はスペインの裁判官だったアントニオ・デ・モルガが一六〇九年に出版した『フィリピン諸島の出来事』という本に、公的記録として載っている。また、一六九八年にはスペインの歴史家ガスパール・デ・アウグスティンが『フィリピン島の制服』という自著で、より詳細に取り上げている。

これらの話がもしも真実だとするなら、ペレスはどのようにして一万キロ以上も離れた場所に移動したのだろうか……四百年以上が過ぎた今も、その謎だけが残されている。

一八九〇年、カナリア諸島にあるテネリフェ島で一人の少女が姿を消している。

彼女は両親から「梨《なし》をもいできてくれ」と頼まれ、梨の木のある峡谷へ向かっていた。ところが、いつまで待っても帰ってこない。自宅から渓谷までは歩いて数分の距離であり、迷うはずもない。しかし、島民総出の大がかりな捜索の甲斐もなく、少女はとうとう発見されなかった。

それから数十年後の一九五八年。突然、見知らぬ少女が島にあらわれると、梨をもぎに行ったまま行方不明になっている少女の名を名乗った。

はじめ、島民はその言葉を信じなかった。数十年が経っているのに、少女は行方不明になった時と外見がまるで同じだったからだ。しかし、聞けば聞くほど彼女の話には齟齬がなく、幼い子が知るはずもない昔の様子を正確に証言した。

やがて、彼女は失踪当日の模様をこのように説明し始めた。

「峡谷に着くとなぜか強烈な眠気に誘われ、梨の木の根元で寝てしまった。起こしてくれたのは、とても背の高い白装束の男性で、彼は〝渓谷の奥にある洞窟へ行こう〟と、私の手を引いた。洞窟には長い階段があって、下りた先には白装束を着た人たちが何人も居た。少しだけその人たちと話をしてから、洞窟を出て帰ってきた」

この話が実際にあったものかどうか、物的証拠はない。だが、この谷では他にも様々の奇妙な報告が残されている。

一九一二年には排水坑を掘っていた作業員二名が、坑内で謎のトンネルと白く光る人を目撃した（生命体と会話を交わしたという説もある）。また、第二次大戦前にはナチスがこの谷を訪れ、調査用の施設を建設している。一九九一年には、写真家の男性が見た事もない有翼の生命体と遭遇し、写真に収めたという記録も残っている。
この谷にはいったい何があるのか。解決はされていない。

一九六八年五月、アルゼンチンに住むヘラルド・ビダル弁護士夫妻は、親戚の車と二台で別な親戚の住む街をめざし、国道を走っていた。

親戚の車は夫妻の前方を走行しており、まもなく無事に目指す親戚宅へと到着する。ところがいつまで待っても、すぐ後ろにいたはずのビダルたちが来ない。事故にでも遭ったのかと親戚は来た道を戻ってみたが、夫妻の車を発見する事はできなかった。ビダルは国内でも有名な弁護士であったため、この失踪は大騒ぎとなった。だが警察による必死の捜査にもかかわらず、夫妻も車も、手がかりさえ見つからなかった。谷底にでも車ごと落ちたか、あるいは犯罪に巻き込まれたか。何にせよ、二人はもう死んでいると誰もが思っていた。

事態が大きく動いたのは、夫妻が消えて二日後の事だった。ブエノスアイレス州に住む親族のひとりへ一本の電話がかかってきたのである。電話の主はメキシコのアルゼンチン領事館で、何とビダル弁護士が今そこにいると言うのだ。六千キロ以上も離れたメキシコに！

驚く親族をよそに、まもなく受話器の向こうから、領事館員とは違う男の声が聞こえてきた。それは、まさしくビダル弁護士の声だった。

「私も妻も無事だ。二日前の夜、車を走らせていると前方が濃い霧に突然覆われたんだ。その途端に私は正気を失った。気が付くと昼になっていて、車は見た事のない路地に停まっていた。車のボディは強力な炎を浴びたように塗装が焦げていた。幸運にもエンジンは無事だったので見なれぬ道を走っていると、人が居る。〝ここはどこだい？〟と尋ねたら、全員が親切に教えてくれたよ。〝セニョール、ここはメキシコですよ〟ってね」

数日後、ビダル夫妻は本当にメキシコ発の飛行機で、アルゼンチン国際空港に到着した。夫人は神経が参っていたために入院措置となったが、ビダル弁護士の体に異常はなかった。ただ、二人ともうなじに妙な痛みがあり、夫妻の腕時計は失踪時刻で止まっていたという。

この奇妙な事件は、後日談もまた奇妙だった。

夫妻が帰還して二日後、領事館から電話を受けたと主張していた親族の男性が、突如「そんな電話はなかったし、自分はビダルなどという人物は知らない」と発言を否定したのである。

しかし、男性の妹はビダル夫人と親類であり、夫妻を知らないはずがない。おまけに、彼の親戚が友人や記者たちに電話の件を話していたことも確認されている。なぜ彼は急に自分の発言を打ち消そうとしたのだろうか。

しかし、それを追求する手段はもう無い。事件からまもなくして男性と彼の家族はひそかに街を去り、行方をくらましてしまったからだ。また、ビダル弁護士の乗っていた車は科学的調査のためにアメリカへと送られたが、調査結果の報告も車が返還される事もなかった。

多くの証言と証拠があるにもかかわらず、事件は闇に葬られてしまったのだ。

さて、もう勘の良い方は気付いたかもしれない。以上の事件はいずれもスペインが関与した国で起こっているのだ。フィリピン、メキシコ、アルゼンチン、いずれもスペインの植民地だった国であり、その影響で今も公用語はスペイン語である。テネリフェ島を含むカナリア諸島も、十四世紀にスペインが侵略した島だ。

先に紹介した事例だけではない。

例えば一九五八年にはアルゼンチンのバイアブランカで、実業家の男性が千キロ以上も離れたサルタという町へ移動している。男性は車へ乗りこんだ直後に濃い霧に襲われ、パニックを起こして車外へ飛び出た瞬間、知らない道端に立っていたという。サルタの警察署で確認してもらったところ、男性がつい数分前にホテルをチェックアウトした事、車はバイアブランカの路上に放置されていた事が判明している。

一九六八年には同じくアルゼンチンで、十一歳になる少女が数キロ先に瞬間移動した。自宅の庭で遊んでいた少女は、奇妙な白い霧に包まれ意識を失い、気が付くと見なれない広場に立っていた。近くにいる人物に「ここがどこか」と尋ねると、何とそこは自宅から数キロも離れた町だったという。

また、翌年の一九六九年には大手商会を営む男性がウルグアイの国境沿いからメキシコに移動するという事件が起こった（この男性は大怪我を負っており、検査の結果、数日前にはなかった原因不明の脳腫瘍《のうしゅよう》が見つかっている）。

一九六九年にはリオデジャネイロの男性が乗馬中に馬上から姿を消し、四百キロ離れた場所で発見されている。

これらは私が取捨選択したわけではない。行方不明者がありえない距離や時間を超えて帰ってきた事例を探ると、なぜかスペイン語圏の話ばかりが見つかるのである。スペイン、メキシコ、アルゼンチン、ウルグアイ。果たしてここに何があるのだろう。

最後に、最も新しい「還ってきたもの」の話を紹介しておこう。

ロシア「フリーダムファイター・タイムス」によれば二〇〇九年、スペインの飛行機が、本来到着するはずの空港から八千五百キロも離れた空港に着陸している。

この飛行機はスペインのマドリードを発ち、ボリビアの空港へ向かっていた。ところが着陸態勢に入った次の瞬間、機体は見知らぬ空港に着陸していたのである。調べてみると、そこはアフリカ北西部沖にあるテネリフェ島の空港だった。

そう、あの「梨をもぎにいった少女」の島、謎の谷のある場所なのだ。

幸い百七十名の乗員乗客は全員無事だったが、当該機のパイロットも空港の関係者も、なぜそのような事が起こったのかは説明できず、あらゆる検査が行われたものの、機体や計器には何の異常も見られなかったという。

現在も調査は続いているが、原因はわかっていない。

未解決の謎

消失人間

「還ってきた死者」のように、消えた人間が還ってくる話も恐ろしくはあるが、やはり、消えたまま還ってこない話には独特の不気味さがある。平穏に日常を暮らしていた身内が、恋人が、隣人が、ある日突然理由もわからず居なくなる。もしそれが自分に起こったらと考えると、実はこの世界は、巨大な落とし穴なのではないかと思えてくる。

そんな不安を助長する、とりわけ奇妙な「人間消失」の事例を紹介したい。

はじめに、アメリカでもっともよく知られた「人間消失」について話そう。

アラバマ州の農場に住むオリオン・ウィリアムソンは一八五四年の夏のある日、自宅の正面玄関に腰を下ろし、草原に放牧した馬の群れを眺めていた。かたわらには妻や子供がおり、同じく馬たちの様子を横目で確かめていた。

やがて日差しが強くなり、ウィリアムソンは農夫に馬を日陰へ入れるよう指示するため、草原に向かって歩き出した。その途中、彼は草の中に転がった棒状の物体を目に留める。棒はかなり奇妙な素材であったようだ。家族によればウィリアムソンはその時、足を止め、棒を面白そうに前後左右へ振っていたのだという。ウィリアムソンは隣人たちに気が付くと、棒を握ったまま手を振って一歩前に踏み出し、そして。

そのまま煙のように消えてしまった。

何人もが見守る中で、消失したのである。

奇妙な事に、ウィリアムソンが消えた場所の芝生はぽっかりと消失し、彼が立っていたあたりには、黄色がかった輪のような痕跡だけが残っていた。

不可解な失踪の報告を受けて、州では三百人あまりの捜索隊が結成された。捜索人数は日を追うごとに増え、しまいには「地面に何かの原因があるのでは」と地質学者チームが参加するまでに至った。しかしウィリアムは見つからなかった。二度と、永遠に。

ある科学者は、「ウィリアムはエーテルという異空間に入ってしまったのだ」と主張した。別な科学者は磁場が原因だという自説を唱え、ウィリアムは原子に分解されたのだろうと結論付けた。しかしいずれの主張も憶測の域を出ず、原因究明の助けにはならなかった。

その後、ウィリアムソンの妻と子供は、何度となく農場で彼の声を聞くようになった。

その声は助けを求める内容で、家族は必死に声の場所を探しまわったが見つけられず、数週間が過ぎた頃には声はささやき程度になり、とうとう何も聞こえなくなったという。

この奇妙な出来事はより多くの人が知るところとなり、小説家アンブローズ・ビアスは、事件をモデルに短編小説「蒸発した農園主」を発表している。また、マクハッテンという男性はビアスの小説をさらに改変、「デビッド・ラングという人物が一八八〇年、皆の見ている前で消えた」という話を多くの人に紹介した。今ではなぜかこのデビッド・ラングの物語のほうが有名になっているそうだ。一方でこの話は、オリオン・ウィリアムソンなる男の公的記録が見つからない事から、ビアスの創作ではないかという疑問の声もある。

しかし、本当に奇妙なのはここからだ。

そのアンブローズ・ビアスは一九一三年、南北戦争の跡地をめぐる取材に出かけたまま行方がわからなくなっているのだ。失踪直前に、「私は明日、ここを去る。その先、どこに向かうのかは自分でもわからない」と、友人宛てに書いた手紙を残し……。

奇妙な消失を書いたその人自身が、消失してしまったのである。


次に紹介するのは「人間消失」というよりも、「存在しない人間の消失」と言ったほうが正しいかもしれない。

一九五四年、ヨーロッパ発の日航便が羽田空港に到着したところから話は始まる。

いつものようにパスポートをチェックしていた職員は、そのうちの一冊に、見なれない「トレド」という国名を見つけた。パスポートには各国の入国スタンプが（日本のものを含めて）何個も押されている。自分が知らないだけかと思い職員は上司に確認してみたが、彼もまたトレドという国に心当たりはなかった。

所持者の男はフランス語で「私はビジネスマンだ。取引があるので早くしてほしい」と不機嫌に告げ、身元を証明する品としてトレドの国際免許証や銀行通帳を提示した。

しかしどれだけ調べても、やはりトレドなどという国は存在しない。ためしに滞在先を聞いてみたが、彼が口にした名前のホテルは日本のどこにも存在していなかった。困ったすえに職員は世界地図を取り出し、母国を指すよう指示する。男はイベリア半島の一角を示したが、そこはアンドラ公国という小国家で、当然ながらトレドではなかった。

男はますます不機嫌になり「これは陰謀だ。政府関係者に会わせろ」と言い出した。現在なら留置所か不法入国者施設に送られるところだが、時代が時代であったのに加え、まんがいちにもトレドという国が実在した場合は国際問題になりかねないと職員は考えた。結局、男はホテルに移送され、警備員を廊下に配した状態で一泊する事になったのである。

ところが翌朝、警備員が部屋のドアを開けてみると、部屋に男の姿はなかった。しかし窓やドアに開錠の形跡はなく、そもそも部屋は十五階で、脱出など不可能な高さだった。

警察が行方を捜したものの男はとうとう見つからず、捜査は打ち切られたという……。

この話は一九五四年、英字新聞「ウィークリー・ジャパンタイムズ」に掲載されたのが最初といわれている。その後、一九八一年に作家のコリン・ウィルソンが自著で紹介し、一躍知られるところとなった。もっともこの時点では、「存在しない国のパスポートを所有する人間が日本に入国しようとして騒動になった」という部分しか書かれていない。

しかし二〇〇〇年代に入ると、この事件に関するより詳細な記事が、インターネットで見受けられるようになった。それはあまりにも細かくリアリティに富んでいて、よほどの妄想狂が頭をひねったものでないかぎり、関係者か当事者が書いたとしか思えない内容であったという。

トレドという存在しない国、そこから来た男は何者だったのか。そして、およそ五十年後にその詳細を暴露した人物は、誰だったのだろうか……。

飛行機が関与したものでは、このような話も有名だ。

一九七八年の十月二十一日、オーストラリアとタスマニアをまたぐバス海峡で、一機のセスナが消息を絶った。操縦していたのは二十歳のバレンティック青年。彼は夜間飛行訓練から空港への帰還中、管制塔に「ものすごく巨大な飛行機が飛んでいる」と報告した。管制官が調べてみたが、その時刻にバス海峡を飛んでいる機体はバレンティックのセスナ以外に存在しなかった。そう伝えた直後、無線の向こうから金属がぶつかるような音が聞こえ、通信はぱったりと途絶えてしまった。異常を察した管制官は軍に通報。すぐさま空と海から大規模な捜索がおこなわれたが、セスナも操縦者のバレンティックも、とうとう発見される事はなかった。

実は同日、マニフォールドという現地に住む男性がバス海峡で「今まで見た事もない大型の飛行物体」を目撃、何とフイルムにおさめている。写真には夕暮れの海峡を飛ぶ、明らかに飛行機でもヘリコプターでも熱気球でもない物体がはっきりと写っているのだ。一緒にいた彼の息子によれば、飛行物体はエンジンのような低いうなりを轟《とどろ》かせていたが、ある地点を通過した途端ラジオのスイッチを切ったように音が止み、恐ろしいほど静かに空のかなたへ消えていったという。この物体が、セスナ消失と関係しているのだろうか。

ちなみにこのバス海峡は別名「バス・トライアングル」とも呼ばれており、この事件の以前にも船や飛行機が行方不明になる事がたびたびあった。第二次大戦中には、たびたび「国籍不明の円盤状をした飛行機」が軍関係者に目撃されている。

とりわけ興味深いのは、一九三四年に起こった旅客機の消失事件である。乗客十一名を乗せた「ミス・ホバート」という飛行機が忽然と姿を消したのだ。

豪軍が空海を捜索したが、機体の残骸さえも発見する事は叶わなかった。機体は当時の最新鋭、独立エンジンを四基そなえていた。つまり、トラブルがあっても一度に停止する事はありえないのだ。

ちなみに最後の通信記録は「知らない飛行機が向かってくる」に続き「待て、相手機のエンジンが突然聞こえなくなったぞ」というものだった。男性が飛行物体を撮影した際の特徴と似ているのは、単なる偶然なのだろうか。

もうひとつ気になるのは、ミス・ホバート消失の起こった日付だ。

十月二十一日。バレンティック事件と同じ日なのである。

似たような事件は、つい最近も起こっている。

二〇一七年、カナダのオンタリオ州にある森で小型セスナが墜落する事故が起こった。セスナ機を操縦していたのは二十七歳の優秀なアマチュアパイロットで、この日も多くの仲間に見守られ、アメリカの空港を離陸していた。

ところが、墜ちた飛行機の周辺にパイロットの姿は見当たらなかったのである。

墜落現場は当時、雪が厚く積もっていた。もし飛行機墜落後に彼が立ち去ったとすれば足跡が残るはずだが、そのような形跡は全く残っていなかった。また、飛行中に脱出したあとも発見されなかった（そもそもこのセスナは空中で脱出できる構造ではないのだ）。

アメリカ・カナダの両警察が行方を探っているが、今も彼は見つかっていない。

余談だが、オンタリオ州では二〇一〇年からウインザー・ハムという原因不明の怪音が聞こえるとの報告がある。音量や日時、間隔は不定期だが、いずれも低く不気味な音で、住人の中には体調不良を訴える者や、音から逃れるために引っ越す者さえいるという。

消失したパイロットと怪音には、何かしら関係があるように思えてならないのだが。

飛行機など非日常な空間から消失する話も怖いが、日々の暮らしから消えてしまうのは格別の恐ろしさがある。他人事ではないからだ。

一九八一年夏、オハイオ州の法律事務所で、一人の女性が行方不明になっている。所長が午前十時に事務所へやってくると、同僚であるシンシアの愛車が駐車場の一角に停まっていた。早めに出勤したのだろうかと思いながら、所長はオフィスへと入ったが、そこにシンシアの姿はなく、急用で外出したとも考えにくかった。そのような場合彼女は、いつもドアにメモを挟んでおく習慣があったからだ。しばらくオフィスを確認してから、所長はすぐ警察へ通報した。彼女の車の鍵や財布が見当たらない事。そして何より彼女の机に置かれている、読みかけの小説に気付いたのが迅速な通報の理由だった。不自然に開かれていたページは、ヒロインがナイフで脅され、誘拐される場面だったのである。

警察はあらゆる可能性（犯罪以外にも、自主的な失踪など）を考慮して彼女を捜したが手がかりはまるでなく、四十年近くが過ぎた現在も、シンシアは発見されていない。

ここまでの情報だけならば、これは単なる事件だ。だが、彼女の妹が捜査員に証言した内容によって、この話はミステリー現象の愛好家たちに広く知られる事となった。

シンシアの妹クリスティーンは、このように告げているのである。

「姉は行方不明になる一年前から〝同じ悪夢を何度も見るのよ〟と脅えていました。その夢は、知らない男に拐われて殺されるというものだったそうなんです」

最後に監視社会の現在でも奇妙な消失は起こるという事実を、皆さんに証明しよう。

二〇〇六年、オハイオ州の医学生ブライアンは一軒のバーでカウンターに座っていた。彼はひどく酩酊しており、ろれつの回らない状態でガールフレンドに電話をかけたり、近くの女性客と会話を交わしたりしていたと、客の何人かが証言している。

ところがその後、彼は行方不明になってしまった。

調査の結果、彼が消失したのは前夜の午前一時半から午前二時の間である事はわかった。前述のようにバーの客が彼の動向をおぼえていたからだ。ところが、誰ひとりとして彼が店から退出する場面は目にしていなかった。しかも、バーの入り口には監視カメラが設置されていたにもかかわらず、外へ出て行く様子は映っていなかったのだ。入店する場面は記録されていたのに、である。

仮に彼が何らかの犯罪に巻き込まれ誘拐されたのだとしても、他の客に気づかぬうちに、監視カメラにも撮られないで外に出るのは不可能に近い。店には裏口も存在しない。

ブライアンはどこに、どうやって消え、どこにいるのか。捜索は現在も続けられている。

町の噂

中にいる

こんな噂を、あなたは知っているだろうか。

ある男性が、海外のオンライン通販サイトでヘッドホンを見つけた。

そのブランドは性能が良い事で知られており、国内の電器店で買えば給料の四分の一が吹き飛ぶ高級品である。それが、何と半額以下で出品されていたのだ。

商品ページには英語で「船便で送るから時間がかかります」といった趣旨の注意書きがあった。この金額で買えるならその程度は問題ないと、男性はすぐに購入ボタンを押した。

二ヶ月ほどが過ぎ、本当に届くのかと気を揉み始めた頃、ヘッドホンは無事に到着する。開封してみると、外箱こそ汚れていたものの中身はまるで問題ない。良い買い物をしたと喜び、彼はそのヘッドホンでゲームや音楽を楽しんでいた。

ところが、それから二週間が経った朝、男性は猛烈な耳の痛みで目を覚ました。見ると枕にカサブタのような小さい屑が散らばっており、周囲には点々と赤い血が付着している。

「大音量で聞き過ぎたのかな」と反省しながら、カバーを外そうと枕を持ち上げた途端、粉のようなカサブタが一斉に動き始めた。黒い点は、小さな小さな蜘蛛だった。

耳鼻科に駆け込んだところ「内耳《ないじ》が蜘蛛の団地になっています」と驚かれた。医者の話では、蜘蛛が長い船旅の間にヘッドホンのウレタン部分へ棲みつき、それが音に驚いて耳の中へ一斉に逃げ、その結果、雑菌や体液によって内耳が爛れたのではないかという事だった。ヘッドホンの送り主にも英語でクレームを入れたが、翌週にはページ自体閉鎖されてしまったため、どこの誰かはわからないそうだ。

基本的に蜘蛛が人を襲う事は無い。

近年問題となっているセアカゴケグモなどを除けば、日本に有毒性の蜘蛛は存在しない。だが、偶然が重なり体内に侵入するケース自体は、珍しくないのだそうだ。

二〇一二年、台湾に住む女性が耳の痒さと痛みに耐えかねて病院に行ったところ、耳の中に蜘蛛が巣を張っていたという出来事が起こっている。

医師が内視鏡で耳の中を覗いたところ、活発に動いている体長三ミリほどの蜘蛛を発見。ピンセットで摘出しようとするもなかなか上手くいかず、最終的に女性は手術室に運ばれ、薬品と顕微鏡を使って蜘蛛を取り出したという。

医師は「何らかのきっかけで耳に入ってしまったのではないか。巣の大きさを考えるに、数日間は耳の中で生きていたのだろう」と述べている。

もっとも、この場合は無毒の蜘蛛であったからまだマシだ。

イギリスでは二〇一四年、バナナから大量の毒グモが出てきてパニックが起きている。

ある男性が近所の店で買ってきたバナナを食べようとしたところ、皮の部分に白いカビのような斑点を発見。取り除いたところ、そこから何十匹もの小さな蜘蛛が這い出てきた。白カビではなく、蜘蛛の巣だったのだ。

さらに家の中を調べたところ、窓枠やカーテンにも同じような白い物体が見つかった。男性はすぐさま害虫駆除業者に連絡、蜘蛛や巣の特徴を話した途端、「すぐに家から逃げてください。三日間は家に近づかないで！」と忠告された。

実はこの蜘蛛、クロドクシボグモという種類で、世界でもトップクラスの神経毒（何と、ガラガラヘビの三十倍だそうだ）を持ち、一匹で八十人を殺す力を持っていたのである。別名「バナナグモ」とも呼ばれており、バナナに隠れる習性があるのだという。

幸い、蜘蛛は全て駆除されたそうだが、イギリスでは二〇一五年にも同様のバナナグモ騒動が起こっている。日本でも同様の事件が起こらない事を願うばかりだ。

世界の謎

あまりにも不吉な数字

大正七年七月七日に生まれた人物は、平成七年七月七日に七十七歳になる。
また、昭和三十三年三月三日生まれは、平成三年三月三日に三十三歳を迎える。そして一九八八年の八月八日生まれは、平成八年の八月八日で八歳になり、平成十二年の十二月十二日生まれは二〇一二年の十二月十二日で十二歳になる。

ゾロ目となる数を組み合わせただけと言われればそれまでだが、私たちは数字の偶然に弱い。そこに何らかの意味を探し、運命的なものを勝手に見いだしてしまう。
だから、奇妙な噂の中にも数字にまつわるものは多い。

二〇一四年七月、ウクライナの上空でマレーシア航空の旅客ジェット機が撃墜された。

撃ち落とされたのはマレーシア航空「ボーイング777」。この機体の初飛行は一九九七年の七月十七日。そして墜落したのはちょうど十七年後の、七月十七日だった。

二〇一五年、世界的な動画サイトに【リサ・ホーム】というチャンネルが開設された。奇妙な事に投稿されている動画はたった一本。「13」と題名がついた、数字がカウントダウンするだけのものだった。

月に二十億人が利用するサイト、なかには意味不明の動画も多い。当初はそのひとつと思われていた「13」だったが、ある出来事がきっかけで、予想外の注目を集める結果となってしまった。「13」の投稿後、スウェーデン在住の十七歳になる女性が行方不明となり、翌週に他殺体で発見されたのである。

女性の名前は、リサ・ホーム。

そして、失踪したのは動画投稿からちょうど「13」日後だった。

犯人は逮捕されたが、地元警察は「犯人と動画には関連がなかった」と発表したきり、その後の報道はない。「13」を誰がどんな目的で投稿したのかは今も未解決のままだ。

「27クラブ」という言葉を聞いた事があるだろうか？

多くの著名なミュージシャンが加入しているクラブで、入会条件はただひとつ「二十七歳で亡くなっている」事。つまり、有名人は二十七歳で死ぬというジンクスの一種だ。

この説を信じる人々は「ミュージシャンたちは、音楽を司るロノウェという悪魔と契約したのだ」と信じている。ソロモン王が柱に封印した七十二種の悪魔のうち、ロノウェはちょうど二十七番目にあたる。それがミュージシャン二十七歳死亡説の根拠だというのだ。

信じがたいと言う方のために、二十七歳で逝去したミュージシャンの一部を紹介しよう。死因の不気味さも含めて、今いちど真偽を考えてほしい。

▲伝説のブルースミュージシャン、ロバート・ジョンソン（一九三八年に二十七歳で逝去。死因については毒殺や刺殺など諸説ある。悪魔に魂を売ったという噂があった）

▲ザ・ローリング・ストーンズの元ギタリスト、ブライアン・ジョーンズ（一九六九年、プールで溺死しているところを発見された。他殺説もあり、英国警察が現在も捜

査中）

▲ギタリスト、ジミ・ヘンドリックス（一九七〇年、睡眠中に嘔吐物が喉につまり窒息死。不明な点も多く、現在も暗殺説が一部で支持されている）

▲カリスマシンガー、ジャニス・ジョプリン（一九七〇年、急性ヘロイン中毒で死亡）

▲ドアーズのヴォーカル、ジム・モリソン（一九七一年、自室の浴室に沈んだまま死んでいるところを発見。なぜか検死はおこなわれていない）

▲ビッグ・スターのギタリスト、クリス・ベル（一九七八年、車の事故で死亡）

▲エコー・アンド・ザ・バニーメンのドラマー、ピート・デ・フレイダス（一九八九年、スタジオに向かう途中、バイクで事故死）

▲ニルヴァーナのヴォーカル、カート・コバーン（一九九四年、頭部を銃で撃って自殺。暗殺説も根強く、シアトル警察が捜査している）

▲マニック・ストリート・プリーチャーズのギタリスト、リッチー・ジェームス（一九九五年、滞在先のホテルから失踪し十三年後に死亡宣告。失踪時に二十七歳だった）

▲ソウルシンガー、エイミー・ワインハウス（二〇一一年、自宅で死亡。急性アルコール中毒、薬物の過剰摂取など諸説あるが、死因詳細は不明）。

さて、ではこんな噂をあなたは知っているだろうか。

サッカーファンの女性が、アフガン・プレミア・リーグ観戦のためアフガニスタンへ出かけた時の話。

ホテルの近所を散策していると、サッカーのユニフォームを売っている露店を発見した。どうせだから一枚購入しようと思いきや、意外に値が高い。負けてもらおうと交渉したが、無愛想な店主はなかなか首を縦に振らなかった。

諦めて立ち去ろうとしたその時、店主が「これなら半値で良いよ」と一枚のユニフォームを突き出してきた。ユニフォームには知らない選手の名前と39の背番号が入っている。贔屓《ひいき》のチームのものではなかったが、帰国後に誰かへ土産であげれば良いやと思い直し、女性は39のユニフォームを購入すると、その場でシャツの上から重ね着をした。店主は「似合うよ」と嬉しそうに笑っていた。

満足してホテルへ帰る道を歩いていると、見知らぬ男たちがニヤニヤしながら近づいてくる。かけてくる言葉はわからなかったが、雰囲気から良い意味でない事は理解できた。身の危険を感じて小走りになった瞬間、男のひとりが道端の石をつかんで女性に投げつけた。幸い当たらなかったものの、明らかに本気だとわかる速度だった。半泣きでようやくホテルに戻ると、フロントマンが目を丸くさせ「なんでこんな数字を着ているんだ」と叱るような口調で聞いてきた。

「その数字は〝私は体を売ります〟という意味なんだ。こんな数字の入った服を着て街を歩いたら、何をされても文句は言えないよ」

ユニフォームはホテルのゴミ箱に捨てた。それ以来、土産物のユニフォームは背番号を何よりも先にチェックするようになったそうである。

日本では4と9が「死」と「苦」につながるので不吉とされ、キリスト教圏では13が嫌われている。文化や宗教によって忌避される数字は色々あるが、中東アフガニスタンで39という数字が避けられている事実は、あまり知られていない。

嫌悪されている原因は「噂」。数年前から「39は売春婦の印だ」という根も葉もない噂が広まっているのだという。おかげでナンバーに39が入っている車は、他の同車種の半額以下でなければ買い手がつかず、電話番号に39が入っている場合は、非通知設定で電話するのがマナーになっている。

アフガニスタンでは国の交通委員会がナンバープレートを発行しており、新車の場合は自分で選べない。そのため、39をペンキで別な数に書き換える違法行為が横行しており、それによる逮捕者が増加しているという。タクシーも、39ナンバーだと女性はもちろん男性も乗りたがらないため、車を買い替えたり廃業する業者も出ているそうだ。

世界の噂

信じるものは……

シンガポールの一ドル硬貨は八角形をしているが、これは八〇年に地下鉄が建設された際、地脈の断絶を懸念した当時の首相が風水師に相談し、八角形を硬貨に埋めこむように指示された結果なのだという。

これを迷信と笑い飛ばすのは簡単だが、人はいつだって、他人から見て取るに足らないものを信じている。そして、そのおかげで奇妙な事件を起こす。

二〇一六年、パキスタン国際航空の旅客機が墜落、炎上した。

搭乗していた四十八名が全員死亡する惨事となったが、これに関連する奇妙な出来事を「トリビューン・コム」が報じている。事故から二週間後、イスラマバードにある空港で職員数名が手足を縛られた黒ヤギ一頭を滑走路に連れ出し、排水溝まで引きずっていくと、その場でヤギの頭部を刃物でゴリゴリと切り落としたのである。

事故後、職員の一部に「飛行機が墜落したのは悪霊が原因だ」という噂が広まり、その悪霊を払い運気を上昇させるため、黒ヤギを生贄《いけにえ》にしたのだという。

この時の模様は殺害を偶然目撃していた利用者によってＳＮＳに拡散され、航空会社が弁明に追われる事態となった。同航空の広報官は、「このような残虐かつ前時代的な行為を、会社は事前に把握していなかった」と批判している。

ちなみに、パキスタンでは現在も祈祷や呪術による治療が各地で広くおこなわれている。二〇一五年一月には、錬金術を得るために我が子供五人を絞め殺した容疑で父親が逮捕。同じ年の八月には、胃腸炎に悩む母と娘が「それは悪魔に取り憑かれた」と助言した祈祷師の治療（密室に閉じ込め火あぶりにするという、治療とは呼べないものだった）により窒息死させられている。


フランス通信社の報道によると二〇一七年、アフリカのモザンビークで八ヶ月のうちに五人が頭部を切断される連続殺人事件が発生した。調査の結果、被害者にはひとつの共通点が見つかる。全員が禿頭の持ち主だったのだ。

モザンビークでは「禿には黄金が埋まっている」という迷信が信じられている。元々は「禿頭の人間は裕福だ」という現地の言い伝えがいつのまにか変化したものらしい。この呆れるような迷信のおかげで、禿頭は命を狙われるのである。なかには兄弟や親類に富を与えようと、自ら進んで殺される人間もいるというから驚きだ。

もちろん人間の頭の中に黄金などなく、入っているのは脳味噌だけ。だが犯人は諦めない。彼らは頭のほかに被害者の臓器もえぐり取って、運気上昇の呪術用に高値で売るらしい。禿頭の「中身」であればそこそこ効くという理屈なのだろうか。こんな迷信で殺されてはたまらないが、現地では今も禿頭を狙う事件が頻発しているそうだ。

同じく二〇一七年、中国の広東省で五十歳の男性が激しい腹痛を訴え、病院に担ぎ込まれた。さっそく手術がおこなわれ、医師が男性の異様に膨らんだ腹部を切開してみると、糞便に混じって、何と体長五十センチもある生きた鰻《うなぎ》が姿を見せたのである。

何でも男性は長らく便秘に悩んでおり、「鰻を肛門に入れると粘液で便通が良くなる」という民間療法を信じ、果敢に実行したのだという。幸い、男性は一命を取り止めている。

驚くばかりだが、何と同様の事件が二〇一一年にも、やはり中国で起きている。五十六歳の男性が体長十五センチほどの鰻を十数匹あまり桶に入れて入浴したところ、尿道から膀胱内へと侵入してしまったのである。彼も開腹手術によって何とか助かったが、民間療法を鵜《う》呑《の》みにするのは考えもののようだ。

二〇一八年、インドで三十五歳の女性が、牛の排泄物の山へ生き埋めにされ、窒息死している。

女性は薪を拾っている際、手を蛇に噛まれてしまった。しかし夫は病院ではなく、村の祈祷師に助けを請うた。祈祷師は「牛糞を全身に塗れば毒が抜ける」と告げ、信じた夫は、妻の全身を牛の排泄物で覆い、放置した。一時間後、夫が妻の様子を確認すると、彼女はすでに息絶えていたという。

この祈祷は、数十名の村人によって見守られていた。誰一人として、この愚かな治療を止めなかったのである。現在も祈祷師は村に暮らし、人々の治療にあたっている。

最後に、ある不運な知人の話を紹介しておこう。

商社マンの彼は、なぜか渡航する先で決まって「迷信でひどい目にあう」人物である。

数年前にロシアへ赴いた際は、契約を交わした取引相手と酒場に行き、その日が相手の誕生日だと知って「おめでとう！」と叫んだところ殴り飛ばされてしまった。ロシアでは「誕生日に〝おめでとう〟と声をかけられた年は不幸になる」という俗信があったのだ。

その翌年、エチオピアに商談で出かけた時は、バスで移動中に窓を開けた途端、周囲の乗客から骨折するほどの暴行を受けた。エチオピアでは「走行中の車の窓を開けると悪魔が入ってくる」という言い伝えがあり、それを信じた人々が激昂したのである。

さらに昨年、オーストラリアで取引相手の所有する釣り船に乗せてもらった際には、彼がつけていたバナナ柄のネクタイが原因で、決まりかけていた大口の商談が中止になった。オーストラリアには「ボートにバナナを持ち込むと魚が釣れない」という迷信があって、それを知らずにいたため、このような事態になったのだという。

現在彼はニカラグアにいるが、毎日戦々恐々と過ごしているそうだ。

迷信も、笑い飛ばす前にチェックだけはしておいたほうが良いのかもしれない。

世界の噂

危険なゲーム

これから紹介するのは「死のゲーム」である。

とは言っても、先に述べた「青い鯨」のようにネット上で伝播する「不幸の手紙」でも、課金させて経済的に搾取するスマートフォンのゲームでもない。

今から四十年近い昔に存在したと噂されている、全てが謎に満ちたゲーム機の話だ。

一九八一年、オレゴン州ポートランド郊外のゲームセンターに、新しいゲーム機が設置された。ゲームは「ポリビアス」という名で、一説によると、シューティングとパズルを組み合わせたような内容であったという。当時としては斬新な構成だったのか、それともよほど操作性に優れていたのか、「ポリビアス」は設置されるや、プレイの順番をめぐって喧嘩になるほどの人気を博す。

だが、このゲームには危険な副作用が待っていた。

「ポリビアス」をプレイした人間は、気分が悪くなる、吐き気を催す、てんかんの発作を起こす、悪夢を見るなどの症状に悩まされ、なかには自殺を試みる子供まで発生したのだ。ある利用客は、「ポリビアス」のプレイ後は、誰かに操られているように心がコントロールできなかったと言っている。

命の危機を感じる副作用以外にも、このゲームには他の遊具と異なる点があった。

ゲーム機のメンテナンスは通常、一週間に一回程度。しかもゲームセンターが開店する前か閉店後におこなわれる。ところが客によれば「ポリビアス」のメンテナンス担当者は、毎日のように、しかも営業時間中でもおかまいなしで来店していたのだという。

担当者の出で立ちや振る舞いも変わっていた。彼らはいつもダークスーツを着ており、他の客に目もくれずに筐体《きょうたい》を開くと、持参した謎の機械をつなぎ、何らかのデータを回収して帰るのである。まるでゲームそのものの人気より、そこから得られるデータのほうが重要であるかのように。

これほど奇妙な事柄続きだったにもかかわらず「ポリビアス」の人気は衰えなかった。

筐体には連日多くの客が列を作り、やがて店は定期的にイベントを開催、さらに多くのプレイヤーを募集し始めた。このイベントは、なぜか十八歳以上でなければ参加できず、「ゲームについて誰にも話さない」という署名が必要だったと言われている。イベントの際は、毎回必ずゲームセンターの前に救急車が停まっていたという証言もある。

しかし、終わりは唐突に訪れた。

導入からおよそ一ヶ月後のある日、いつものようにやってきたダークスーツの男たちは、いきなり「ポリビアス」の筐体をトラックの荷台に乗せてそのまま持ち去ったのである。こうして、奇妙なゲームは世界から完全に消えてしまった。

プレイすると心身に変調をきたし、最悪の場合は自殺に至るゲーム。それを管理する謎の男たち。人気でありながら一ヶ月で撤去されてしまった筐体。

あまりにミステリアスな「ポリビアス」はあっというまにゲーム好きの間で噂となり、「本当に存在した」と主張する者と「単なる噂だ」と主張する者が何年にもわたって争う事となった。アメリカの有名なゲーム雑誌は記事中で「ポリビアス」を単なる噂だと喝破しつつ「このゲームはアメリカ南部の会社が、高明な社会学者のチームを雇って製作し、開発の際は精神的に危険なグラフィックを採用した」と伝えている。噂であるはずなのに、関係者がリークしたかのように詳細な情報……これは果たして何を意味するのか。

インターネットの掲示板には、様々な意見が数多く寄せられた。

「米軍によって開発された対ソ連用の新型兵器だ」「CIAによるMKウルトラ計画（一九六〇年代に実際におこなわれていたマインドコントロール実験）復活のためにテストした人体実験だった」「国民を操作するアルゴリズムを検証するプロジェクトで、この時のプレイヤーのデータをもとにインターネットが開発された」などなど。その多くは憶測の域を出ないものだったが、ひとつだけ他とは異なる興味深い主張があった。投稿者によれば、「ポリビアス」の設置場所、すなわちオレゴン州が鍵だというのだ。

「オレゴンの渦」という言葉を聞いた事はないだろうか？

オレゴン州のゴールドヒルという土地にある森の俗称だ。現在は観光地になっているが、開拓時代には先住民が「禁断の地」と呼び、決して近づこうとしなかった場所だという。それを証明するように、この森では現在も奇妙な現象が体験できる。

「オレゴンの渦」には、奇妙にねじ曲がった一軒のあばら家が立っている。

一説によれば、この家は非常に長い時間をかけて地面に引きずりこまれたのだそうだ。事実、家の周囲五十メートルに生える樹木は、一本残らず家の中心に向かい伸びている。加えて、ここではコンパスなどの磁気類がいっさい使えず、タバコの煙が風もないのに、螺旋を描きながら家の中心に集まってくるという。

それればかりではない。「オレゴンの渦」では、身長が極端に伸びる、ホウキが斜めに立つ、ボールが上り坂を転がるといった、磁気だけでは片付けられない現象も確認されている。

懐疑的な人々からは、「磁場の強い土地なんていくらでもある」「錯覚を利用しただけのトリックだ」と、その神秘性を否定されている。だが、ここを訪れた人間の中に、ひどい目まいや耳鳴りなどの不調を訴え、意識を失う者がいるのはまぎれもない事実なのだ。

目まいを起こす。心と体に変調をきたす。意識を喪失する。

どこかで聞いたおぼえは無いだろうか。

そのとおり、「オレゴンの渦」で起こる影響は「ポリビアス」の副作用と一緒なのだ。奇妙な森の力をアメリカのある組織（政府筋だとも、富裕層の白人結社だとも言われている）が目に留め、その仕組みを転用したゲームこそが「ポリビアス」だというのだ。

果たしてこの説が本当なのか、そもそも「ポリビアス」は存在したのか。謎はいまだに解明されないまま、奇妙なゲームについての議論は、現在も続いている。

最後に、このゲームの名前の由来について説明しておこう。

「ポリビアス」とは古代ギリシャの歴史学者の名前である（日本語ではポリビウスやポリュビオスとも表記される）。古代ローマを記録した『歴史』という書の作者であると同時に、現在も諜報組織などで使用される「換字暗号」（文字を数字や記号に置き換える暗号法）の発明者としても名高い。

まさしく歴史的な名学者だが、そんな彼が残した名言に、このような一節がある。

「物事が宙吊りのままで延々と続く状態は、人の魂を疲れさせ、殺す」

まるで、ゲーム機「ポリビアス」をプレイした人間の精神状態や、その後の真偽騒動をあらわしているようには思えないだろうか。

世界の謎

ストレンジ・ツインズ

双子にまつわる奇妙なエピソードは数えきれないほど多い。遠く離れた場所に居ながら同じ行動をとる、言葉に出さなくとも相手の考えが読み取れる、同じ名前の相手と結婚し、同一の職業を選んでしまう、などなど。

これらの理解しがたい事例を偶然と笑い飛ばすのは簡単である。だが、先入観を捨てて素直な気持ちで眺めれば、きっと新しい世界が見えてくるはずだ。

まずは二〇〇二年にフィンランドで起こった、奇妙な事故の話から。

凍てつく冬の日、ヘルシンキから六百キロ北の田舎町で、一人の男性が自転車に乗って道路を横切ろうとした際、吹雪で大型トラックに気づかずにそのまま撥ねられ、死亡した。

男性の死亡から二時間後、今度は別の男性が同じように自転車で道路を横切ろうと試み、やはりトラックとぶつかって死亡した。この二件の事故は町の人々に大きな衝撃を与えた。死んだ二人は一卵性双生児だったからだ。

地元の警察官によれば、二番目の男性が死亡した時、警察はまだ最初の犠牲者の身元を割り出している最中だったという。つまり、のちに死んだ彼は、自分の兄弟の事故死を知らなかった事になる。にもかかわらず、全く同じ状況で、彼も命を落としたのだ。

二件の事故が起こった道路は、決して事故が頻発するような場所ではなかったという。偶然といってしまえばそれまでだが、双子ゆえの何かを感じずにはいられない事故である。

次は同じく事故がらみの、イギリスで二〇〇八年に起こった事件について。

ロンドン行きのバスに乗っていたスウェーデン人のウルスラとサブリナの姉妹は、バスの運転手とトラブルになり、高速道路のガソリンスタンドで強引に下車する羽目に陥った。姉妹は高速道路を横断し始めたが、これは日本と同じくイギリスでも看過される行為ではない。すぐに警察が到着、二人は事情聴取を受ける事態となった。すると事情聴取の最中、突然ウルスラが車道に飛び出しトラックに自ら激突したのだ。

幸いウルスラは足を骨折したものの、命に別状はなかった。ところがその直後、今度は妹のサブリナが車道へと駆け出し、別な車に跳ねられたのである。周囲が唖然とする中、サブリナは何事もなかったかのように立ち上がり、すぐさま警察官に襲いかかった。

結局ウルスラは精神病院へ、サブリナは警察署へ連行されてしまう。署に到着すると、先ほどの狂乱が嘘のようにサブリナはおとなしくなった。警察はもう問題ないと判断し、裁判所で簡単な手続きを済ませて彼女を釈放する。

街に出たサブリナが姉の病院を探していると、グレンという五十代の男性が声をかけてきた。事情を聞いたグレンは彼女を憐れみ、「病院探しを手伝ってあげよう」と申し出る。親切を受け入れたサブリナはグレンの家に宿泊させてもらい、そして翌日、グレンを刺し殺した。

グレンが彼女に乱暴しようとしたわけでも、二人の間に何かしら諍いがあったわけでもない。サブリナは衝動的にグレンを五回以上ナイフで刺し、その場から逃げたのである。

逃走のすえ、サブリナは高速道路の時と同様、奇行に走る。高さ十二メートルの橋から飛び降りたのである。しかし、今度は無事では済まなかった。両足首と頭蓋骨を骨折し、ようやく彼女は逮捕された。結局サブリナは懲役五年を言い渡され服役、姉のウルスラはおよそ四ヶ月で退院し、そのままスウェーデンに帰国した。

この事件はBBC放送がドキュメンタリー番組で取り上げ、高速道路に二人が飛び出すシーンも（居合わせたクルーが撮影していたのだ）放送、全英に衝撃を与えている。

それにしても理解不能な事ばかりだ。なぜウルスラは突然車道に飛び出し、サブリナもそれに続いたのか。そして、どうして優しくしてくれた男性を刺し殺したのか。

専門家は、姉妹は「フォリアドゥ」だったのではと見ている。フォリアドゥとは一人の妄想や狂気が別な人間に感染する精神疾患の一種で、別名「二人狂い」とも呼ばれている。つまり、サブリナのパニックが伝染ったためにウルスラも車列に飛び込んだというのだ。しかし、そうなると刺殺の説明がつかないように思えるが、ある研究者は「双子の場合は信じられないほど強烈なフォリアドゥが起こる」と断言する。ウルスラが病院で苦しんでいた時、痛みや苦しみを共有したサブリナがパニックを起こし、凶行に至ったというのだ。

この説が正しいのかどうか、突き止める手段はもうない。現在、双子姉妹の消息は誰も把握できていない。

ここまで強烈なものでなくとも、双子ゆえの犯罪は存在する。

二〇〇九年、ベルリンのデパートで宝石類が盗難にあった。その額、何と七百万ドル。

監視カメラを確認すると、犯人たちはマスクと手袋を身に着けていたが、迂闊にも手袋の片方を現場に残していた。その手袋に付着していた汗からDNAが採取できたため、警察はすぐ犯人が捕まるものと楽観していた。

ところがここで問題が発生する。鑑定の結果、容疑者が二人浮上したのだ。

彼らは一卵性双生児の兄弟だった。どちらも窃盗や詐欺の逮捕歴があり、どちらか片方(もしくは両者)が犯人なのは確実だったが、一卵性双生児の場合は遺伝子情報の九十九パーセントが同一になるため、容疑者を特定できなかったのである。

結局、双子は二人とも罪を免れる事となった。スパイ映画に採用されてもおかしくない、嘘のような本当の話である。

双子といえば希少な存在と思われがちだが、場所によってはそうでもないようだ。

イギリスのデイリー・テレグラフ紙によれば、インド半島南端のコディンヒという村で、六十年ほど前から異様な数の双子が誕生しているという。これまでに確認された双子は、およそ二百五十組。世界の平均値と比べてもはるかに多い。しかも双子が生まれる頻度は年々増加しており、二〇〇八年だけでも三百回の出産中十五組の双子が誕生している。

奇妙な事に原因は不明。摂取している食事が要因ではと考えられているが、真相は解明されていない。「双子村」をひとめ見ようと連日観光客が訪れるものの、そっくりな村人が次々に姿を見せると、その異様さにみな恐れをなしてしまうそうだ。

同じく双子が異常に多い地域としては、ブラジルのカンディド・ドゴイが知られている。この村では出産五回に一回の割合で双子が生まれており、おまけに金髪に碧眼の赤ん坊が多い。両親はみな、褐色の肌で黒目の持ち主ばかりなのだが……。

実はこの村、ナチスの医師だったヨーゼフ・メンゲレの逃亡先だったのではと噂されている。メンゲレはアウシュビッツの捕虜収容所に勤務し、そこで様々な人体実験をおこなっていた事から「死の天使」という異名を持つ人物だった。

彼は一九四四年を境に「双子の精神的な共鳴」に興味を示し、捕虜の中から双子を探し出しては、狂気の実験を繰り返していた。例えば、子供の眼球に薬品を注射して瞳の色を無理やり変えてみたり、双子の背中を縫合し、静脈を縫い合わせ「シャム双生児」を人工的に作ってみたりと（この手術は失敗し、双子は感染症で苦しんだすえ、両親の手で絞め殺された）、あまりに非人間的でデタラメなものばかりだった。

敗戦直前、メンゲレは証拠隠滅のため二千七百人あまりの双子を毒ガスで殺し、自身は南米に逃亡。一九七九年に死亡するまで、アルゼンチンやブラジルで生活していた。

そのため、メンゲレはこの村で実験を継続していたのではないか、双子の異様な増殖は、彼の実験の成果ではないかと囁かれているわけだ。

もし、金髪で青い目の双子がメンゲレの手によるものだとしたら、いったいどのような実験がおこなわれていたのだろうか……。

では最後に、こんな話をしよう。

彼の十二歳になるお嬢さんには、一年に一度、決まった日に涙が止まらなくなるという妙な癖があった。

悲しい出来事があったわけでもなく、辛い思いをしたわけでもない。泣く理由など何も無いのに、その日だけ朝から晩までポロポロと涙がこぼれ続けるのだという。

病院に行っても原因はわからない。さしたる害もないので、本人は毎年「変だよね」と泣きながら笑っている。それを見て両親も笑い返す。ある事実を伏せたまま。

彼女は双子だったが、もう一人はお腹の中にいる時に死んでいる。妊娠七週目に病院で検査したところ、胎嚢（赤ちゃんの入っている袋）が消滅していたのだ。それが判明した日こそ、お嬢さんの涙が止まらなくなる日なのである。

自分と妻、担当していた医師以外は誰も知らない。もちろん我が子にも教えていない。その人は、お嬢さんが無事二十歳になった年に教えようと考えているそうだ。

双胎妊娠初期に一児死亡が起こった場合、そのまま消えてしまう事がある。

これは「バニシング・ツイン」と呼ばれ、なぜそのような現象が起こるのかはハッキリわかっていないのだという。多くは母体に吸収されてしまうが、まれにもう片方の胎児に吸収される場合もあるらしい。お嬢さんのケースがそうであったかは不明である。

村の噂

落雷譚

あなたは、こんな話を知っているだろうか。


ある村に暮らす人が、山中へきのこ狩りに出かけた。

秋の事である。最初は晴れていたが、女心と秋の空という言葉のとおり、空がにわかに曇り始め、まもなく大粒の雨が降り出した。

慌てて下山を開始したが、山道はたちまちぬかるみ、豪雨で視界も悪いためになかなか足が前に進まない。小降りになるのを待とうと、その人は雨宿りの場所を探す事にした。

あたりを見回していて、ギョッとした。

道から少し外れた草場の中に、二本の大きな樹木が双子のように仲良く並んでいる。

その片方の木の根元に、動物たちが集まっていた。鹿や猪、兎や狸が身を寄せ合って雨を避けていたのである。不思議な事に同じくらいの高さであるにもかかわらず、もう片方の木にはただの一匹も動物は居なかった。

他に雨を避けられそうな場所はなかったが、獣が群がっている中に入るのは何だか怖い。その人はどうしようかと悩んでいたが、何となく、本当に何の根拠もなく、そうした方が良いような気がして、動物が集まっている木の端っこで土砂降りの雨をしのいだ。

動物たちは乱入者の人間を気にする様子もなく、雨を見つめている。襲ってくるような気配は感じられなかった。不思議に思いながらも何だか安心し、獣臭さに気付いてそっと鼻をつまんだ次の瞬間、目の前が真っ白になり、耳が潰れそうな轟音が周囲にこだました。

隣の木に雷が落ちたのである。木の上半分が大きな斧で断ち割ったように避けていた。飛び散った枝から、白い煙が立ちのぼっていた。

腰を抜かしているうちに雨は小降りになり、やがて来た時と同じ秋晴れが顔を見せた。見れば、いつのまにか動物たちはどこかへ消えている。集まっていたあたりを確かめると、ずいぶん昔のものと思われる粗《あら》い造りのお地蔵さまが、根元にちょこんと座っていた。

そうした方が良いような気がして、拝んでから下山したそうだ。

雷に打たれるかどうかは、判断の適切さもさる事ながら、運が左右する場合が多い。

バージニア州にある国立公園の監視員ロイ・サリバン氏は、生涯で七回も雷に打たれ、ギネスにも申請されている人物である。ついたあだ名は「人間避雷針」。

最初に落雷の洗礼を浴びたのは三十歳の時。監視塔で雷が足に落ち、親指の爪を失った。その後もトラックの中で雷撃を受けたり、庭を歩いている最中に直撃したりと、定期的な落雷の被害に遭っている。

類まれなる不運だが、ここまで続けば偶然とは思わない人間も出てくる。周囲の人は、「自分も雷に打たれるのでは」と彼を避け始め、そのためかサリバンは次第に精神を病み、七十歳の時に銃で自殺している。人間避雷針が落雷以外で死んだという事実はなかなかの衝撃だったようで、「ニューヨーク・タイムズ」紙も驚きをもって訃報を報じたという。

「上海日報」によれば二〇〇八年、中国に住む男性が雷に打たれている。

原因は何と借金。福建省に住むこの男は、隣人から借りていた金をいっこうに返さず、トラブルになっていた。しらばっくれる男性に怒った隣人は「借金などしていないと天に誓うなら見逃してやる」と迫った。男性はそれに応じると、鉄の棒を空にかざして、「私は借金などしていません。もし嘘なら罰してください」と叫んだ。するとその直後、稲妻が彼を直撃したのである。男性はすぐ病院に運ばれ、一命だけは取り止めたという。

何ともわかりやすい天罰だが、教訓としては効果てきめんだったのではないだろうか。

だが、このように命が助かる場合ばかりではない。落雷に遭うと、多くの場合は火傷や心臓麻痺で命を失う。それは人間だけではない。

二〇一六年にはノルウェーの国立公園で、三百頭以上のトナカイが落雷で命を落とした。

この国立公園は国内最大面積をもつ公園で、野生のトナカイが一万頭以上生息している。死んだ三百頭は、その日公園を襲った豪雨をやり過ごすため身を寄せあっていたところ、雷撃を浴びたとみられている。

一九九〇年にはバージニア州の農場で三十頭の牛が、二〇〇五年にはオーストラリアの酪農場で六十八頭の牛が、二〇〇八年にはウルグアイの放牧場で五十二頭の牛が、落雷で死んでいる。ウルグアイの死亡事故は、牧草地を囲っていた鉄条網に雷が落ち、周辺にいた牛へ連鎖的に電流が伝わった珍しいケースである。これは「即激雷」と呼ばれるもので、実は雷による死傷事故は、ほとんどがこの即激雷なのだそうだ。

世界の噂

ストレンジ・エリア2

「ストレンジ・エリア」では巨大な穴や空などの、自然にちなんだ奇妙な話を紹介した。しかし人工的に創られた建造物にも、不可思議な噂が付きまとうものは存在する。単なる自然現象で片付けられないぶん、こちらのほうが恐ろしさは上かもしれない。

もしあなたが渡米して都会に疲れたなら、公園を散策するのは良い方法かもしれない。だがその場合は、そこが安全かどうか確かめてからの方が得策だ。

ニューヨーク北部のウォータータウンにあるトンプソン公園は、一九〇五年に開園した緑豊かな場所だが、地元住民は「ここで家族が迷子になっても絶対慌ててはいけない」と、口を揃えて忠告する。

この公園では、散歩中の人間が突然消失したという報告が数多く存在するのだ。

とは言っても、消失者が二度と帰ってこないわけではない。長くて二、三十分、短いと数分で元の場所周辺に戻ってくるという。それゆえ住民は「慌ててはいけない」と諭すのだ。

一例では、丘の上を散歩していた男性が、数名が見ている前で突然姿が消え、それから二十分後に同じ丘のふもとで発見されたケースが確認されている。誰にも見られずに移動する事は、地理的に考えて不可能な場所なのだが。ちなみに男性は、消えていた二十分の記憶が全く無いと証言している。

人体消失は数知れず、他にもこの公園では奇妙な光や霧を見た、誰も居ないのに子供の笑い声やネイティブ・アメリカンの歌が聞こえたなど、様々な怪現象が報告されている。関係者によると開園以来、少なく見ても年に一度はこのような報告が届くそうだ。

これらの現象は、時空の渦に巻き込まれた結果と考えられている事から「トンプソン・ボルテックス（トンプソン公園の渦）」と名付けられており、何と市長もその名を公認している。さらに驚く事に、二〇一三年には公園内に「トンプソン・ボルテックス」と記された標識が立てられた。標識建立の記念式典には二百五十人が集まり、中には過去にボルテックスを体験した人物も何名か居たのである。

参列者の一人は、七十年代に公園をボーイフレンドと散歩中、相手の男性が突然消失、およそ二十分後に再び姿をあらわしたという。その後、彼女自身も一度トンプソン・ボルテックスに巻き込まれたため、公園内を歩く際は細心の注意を払っているそうだ。

原因は今もって不明だが、この公園で何かが起きている事だけは事実のようだ。


陸地の次は、水に関連したエリアの話を。

ネバダ州とアリゾナ州の境にフーバーダムという世界有数の巨大ダムがある。アメリカ最大の人造湖・ミード湖の水を蓄え、その貯水量は日本の全てのダムよりも多いという。

三州の水と電力を賄っているほか、ラスベガスが近い事も手伝い百万人以上の観光客が訪れる名所にもなっているこのダムは、同時に奇妙な噂の貯水池でもある。

もっとも頻繁に語られるのは、コンクリートに埋められた作業員の話だ。

一九三一年から五年がかりで完成したこのダムは、数多くの作業員の尊い命を奪っている。

当時はヘルメット着用が義務付けられておらず、そのために落石に当たって死亡する者が絶えなかった。おまけに労働環境の劣悪さから熱射病になる作業員が続出、高所で作業をしていた者はそのまま数百メートル下まで落下していった。公式記録によると、建設中に亡くなった作業員は百十二人となっている。そして一部の噂では、作業が中断しないよう、死体の多くは建設中だったダムの壁に埋め込まれたというのだ。

ちなみに、公式記録には事故死者の他にも、肺炎で死んだ作業員が多数記録されている。ところが周辺に暮らしていた人間は、付近の病院で肺炎患者など一人も見た記憶がないと言うのである。公式記録に残る死者は本当に肺炎が死因だったのだろうか。そして彼らはどこに埋葬されたのだろうか。

フーバーダムには、さらに常識はずれな説がある。

アメリカで今も根強く信じられている噂に「二十ドル札がテロを予言していた」というものがある。二十ドル紙幣を一定の法則にしたがい折り紙のように畳んでいくと、飛行機テロによって崩落した、世界貿易センタービルとペンタゴンが浮かび上がるというのだ。

そして、二十ドル説の支持者は「五十ドル紙幣には、フーバーダムもテロの標的だった証拠が刻まれている」と断言する。確かに二十ドル紙幣と同じように折り畳んでいくと、フーバーダムそっくりの建造物が姿をあらわすのである。

「ニューヨークと併せて襲撃される予定が、様々なトラブルによって回避されたんだ」と支持者は信じている。容易に賛同できる意見ではないが、フーバーダムに酷似した建物がアメリカ紙幣に隠れているのはまぎれも無い事実だ。このダムには巨大さに劣らぬ、深い深い秘密が沈んでいるように思えてならない。

最後は、やはり空で締めるのが良いだろう。

コロラド州にあるデンバー国際空港は全米一の敷地面積を誇り、年間に六十万回以上の離着陸がある「メガサイズのハブ空港」である。

一九九五年に開港した由緒正しきこの空港は、奇妙なエリアが多い事でも知られている。諸々の謎が、世界中で注目の的になっているのだ。その数はあまりに多く、種類も多岐に渡るため、ここでは主だったものを紹介してみたい。

◇空港内には以下の巨大な絵画が四枚、展示されている。

・アフリカ人、インド人、ユダヤ人の女性が棺桶に入っている絵。背後では巨大建造物が炎に包まれている。

・子供の死を嘆く母親の隣で、ガスマスクをした軍人が白い鳩を刺殺している絵。

・ガスマスクの軍人を模した石像が、子供たちによって倒されている絵。

・子供らが集まり地球上に存在しない植物を見つめる絵。隅に描かれたヒョウの模様には、アルファベットで「ブードゥー」という文字が隠されている。

いずれも不気味な雰囲気の作品だが、一説によるとこの絵画群は世界の終末とその後に訪れる新世界を予言したものと噂されており、新しい世界を作るのは、陰謀論でたびたびその名が登場する秘密結社・イルミナティではないかといわれている（絵画のあちこちに、それとわかるヒントが潜んでいるのだそうだ）。作者である画家のレオ・タグマラ氏自身は「騒がれているような意図はない」と答えているが、空港内の絵画が、過去に氏が描いた他の作品とかなり作風が異なって見えるのは、事実である。

◇メインターミナルへ続く道路沿いには、高さおよそ十メートルの巨大な馬の像が立っている。全身が青い事から「ブルー・マスタング」と命名されたこの像は、夜になると目が血を思わせる赤色に光るのだ。あまりに異様ないでたちゆえ、人々は「ブルー」と「ルシファー（悪魔）」をかけて、「ブルシファー」と呼んでいる。

噂では、ブルシファーは新約聖書「ヨハネの黙示録」に出てくる青い馬を表現しているのだという。ヨハネの黙示録では「蒼ざめた馬にまたがるのは〈死〉であり、黄泉の王を従え、剣と飢饉、死と地の獣により人を殺す権威が与えられた」と書かれている。つまりブルシファーは死そのものなのだ。

このような不吉な像が、世界中の人が利用する国際空港に設置された理由は何なのか。是非とも作者に聞いてみたいところだが、それは無理な話だ。作者である彫刻家はブルシファーの建設中、落下してきた馬の頭で足を切断し、その傷が元で死んでしまったからだ。死を司る馬は、その大義を果たしたのである。

◇空港には、ブルシファーの他にも死を象徴する建造物がある。敷地内の一角には、全長八メートルにもなるエジプトの神・アヌビスの像が立っているのだ。アヌビスが司るのもまた「死」である。アヌビスは冥界の神で、あの世からの復活を操ると信じられている。そのためにエジプトのミイラの棺には、決まってアヌビスが描かれているという。

やはり空港にはあまり似つかわしくない気がするが（しかもデンバーはエジプトと全く関係が無い）、その意図するところは明かされていない。

◇空港内のグレート・ホールと呼ばれる広場に、一基の石版が設置されている。石版には空港建設に携わったという「ニューワールド・エアポート・コミッション」なる組織名と共に、定規とコンパスをかたどったマークが描かれている。このマークこそ、世界で最も有名な秘密結社・フリーメイソンのシンボルなのである。

さらにシンボルマークの下には「二〇九四年の人々に贈る」という一文が綴られている。すなわちこの石版は、フリーメイソンが百年後に開けるためのタイムカプセルとして空港開設時に設置したのだ。なぜ百年後なのかも、いったい何が入っているのかも不明のまま。「ニューワールド何とかに聞けば良いじゃないか」とお思いだろうが、それは出来ない。有志が調査したところ、そのような団体は世界のどこにも存在しなかったのだ。

他にも、手荷物検査場にガーゴイルという悪魔の石像が置かれていたり（通常、ガーゴイルは屋根など屋外に付ける）真上から空港全体を見てみるとナチスも使用した鉤十字の形をしていたり、普通であれば外側を向いている鉄条網がまるで何かを閉じ込めるように内向きで設置されていたりと、この空港の奇妙な点を挙げていけばきりが無い。

これら、諸々の（そして、その大半が死や人類の絶滅を想像させる）建造物によって、デンバー国際空港には「人類滅亡に備えた地下施設がある」「世界的な秘密結社の核シェルターである」など、噂が数多く付きまとっているというわけだ。

本当か嘘か知る方法はたった一つ。世界最後の日に、この空港を訪れる以外にない。

余談として、デンバーで起こった事件を紹介しよう。

二〇一六年、デンバー市街地のビルの壁や電柱などいたるところに、ピンクに塗られた赤ん坊の顔が出現した。顔は立体的に作られた非常にリアルな造形物で、どれも無表情。サイズはおよそ十八センチ程度だが、大きなサイズのものやピンク以外の顔も存在する。

しかし、制作者の正体や貼り付けている理由は全く不明。設置の瞬間の目撃情報も無い。全ては謎に包まれたまま、発見から二年が経った現在も赤ん坊は増え続けているという。

「死」が蔓延《まんえん》する空港と、「生」が増殖する街。何だか奇妙なつながりを感じてしまうのは、杞憂《きゆう》なのだろうか。

世界の噂

斯《か》くてこの世はデマだらけ

前巻で「当たり屋注意」という話を書いた。「市内に当たり屋が出没しているらしいので注意せよ」というファックスやプリントが配布されるが、それは全くのデマだった……という内容だ。

奇妙な噂を集めていると、このような話は一定数入ってくる。デマと噂は紙一重なのだ。

前回は国内の事例を取り上げたので、日本固有のデマだと思った方が居るかもしれない。そんな事はない。国や文化や宗教が違っても人間にそれほど違いはなく、騙される内容も大して変わらない。どうやらメールより紙で警告された方が、人間は鵜呑みにするらしい。

チラシで広まった海外のデマといえば「青い星のタトゥー」が筆頭に挙げられる。

アメリカや南米では、水に濡らして腕や顔に貼りつける「タトゥーシール」が、昔から子供たちの人気を集めている。ところが「青い星が描かれたタトゥーシールだけは、絶対手にしてはいけない」と書かれたチラシがたびたび出回っている。

警告の文書によれば、そのシールにはＬＳＤというドラッグが染み込ませてあるのだという。麻薬成分が付着したシールは特定地域（多くは貧困層のエリアである）で配布され、子供たちを無自覚のまま中毒にしたあげく、「将来の顧客」に変えてしまうのだそうだ。

チラシには「青い星以外には、人気フットボールチームのロゴや漫画のキャラクターが描かれている場合もあります」との注意喚起がなされ、「ＬＳＤに冒された子がどのような症状になるか」が、恐ろしげな描写で延々と書き連ねてある。

これを読んだ母親たちは、さぞや震え上がった事だろう。なにせそのチラシは学校から配布されたのだから、疑う余地などないのだ。おまけに見つけた場合の連絡先には警察や病院、賛同者の氏名などが記されている。これで信じるなという方が難しいだろう。

しかし残念な事に、この警告は九割九分がデマなのだ。

まず、ＬＳＤ入りタトゥーシールを子供が入手したという記録は一件もない。一件もだ。

そもそも、基本的にＬＳＤで重篤な中毒になる事はない。同じ量を服用し続けた場合、幻覚を見たり五感が異様にさえる「トリップ」を起こすのは初日だけで、二日目には半減、三日目には何の効果も得られなくなってしまうという。中毒になりようが無いのである。

唯一、ディーラーが安値でさばいている紙片には、ＬＳＤに似せたＮボムという麻薬が含まれている場合があり、これを摂取して死に至ったケースは報告されている。この話が歪曲して広まった可能性は高い。

それにしても、なぜコカインやヘロインではなく、ＬＳＤなのか。それは、この麻薬が「親世代への反抗」のシンボルだったからだ。六〇年代後半、アメリカでは「ヒッピー・ムーブメント」という運動が若者たちの間で大流行した。ベトナム戦争反対に端を発したこの運動はヨガによる瞑想やフリーセックス、そしてＬＳＤでの幻覚体験など、封建的なキリスト教を否定する要素と、密接に絡み合っていた。いわば、古き良きアメリカという親へのアンチテーゼだったのである。

この時の経験が、アメリカ国民にLSD＝子供の反乱という意識を植え付けてしまった。だから「青い星のタトゥー」に染み込んでいるのは、LSDでなくてはいけないのだ。

一九七〇年代に初めて出現したこのデマチラシは、その後しばらくの間鎮静していたが、一九九二年にコネチカット州で再び発見されるや定期的に出まわるようになった。現在はアメリカのみならず、ブラジルやポルトガルでも確認されている。

外国人が増えてきた昨今、もしかしたら日本でも配られる日が来るかもしれない。

「青い星のタトゥー」と入れ替わるように一九八〇年から出回り始めたのが、「ギャング・イニシエーション」という題名の警告だ。チラシには、以下のような話が書かれている。

ギャング組織に入ろうとした若者は、ある通過儀礼をおこなうよう強制される。

真夜中のハイウェイを、ヘッドライトを消した状態で走るのである。当然危険な行為であるから、無灯火を知らせようとハイビームで知らせてくれる、優しい後続車や対向車があらわれる。その善良な忠告者を若者は追いかけ、捕まえ、素手で殺さなくてはいけない。それこそがギャングの入団儀式なのだ。

「だから無灯火の車を見かけても、決して知らせてはいけない」とチラシは警告している。しかし、これもデマ。このような儀式をおこなうギャングは存在しない。

八〇年代に広まった際は、名指しされた「ヘルズ・エンジェルズ」という有名なバイクギャングが、「自分たちはそのような行為を推奨しない」と声明を出すまでの騒動になった。だが、デマは収束する事なく一九八三年にはオレゴンで流行。この時は「黒人ギャングが白人男性を襲う」と内容が変更されていた。時勢がデマの詳細を変えさせたのである。

特に一九九三年に起こった三度目の流行は、これまでの比でない規模と速度で広まった。現在でもこのデマが信じられているのは、この時の影響が強い。そして、その背景には、前年に起こった事件がかかわっているという。

一九九二年、カリフォルニア州の小学校教員が深夜に車を運転していたところ、ヘッドライトが消えた対向車を発見。乗っていた少年に手振りで注意を促したが、それを少年は挑発だと誤解し、教員を撃ち殺したのである。この事件が、十年以上前のデマを墓場からよみがえらせてしまったのだ。拡散したデマは国境を超え、一九九八年にはカナダにまで到達。防衛省がこのチラシを信じて国会議員に警告文書を送るという事態に発展している。

しかし「青い星のタトゥー」の麻薬といい、「ギャング・イニシエーション」の銃といい、アメリカ特有の闇がデマにあらわれているのは、何とも興味深い。現在でもこのデマは、定期的に出まわっている。銃社会が解消されないかぎり無くならないのかもしれない。

二十一世紀の初頭に流行し始めたのは「ガスポンプ」という題名の警告チラシである。ガスポンプとは、ガソリンスタンドにある給油機の事だ。

警告文は、フロリダのジャクソンビル署に勤務するアブラハム・サンズという警察官の署名に続いて「フロリダ州内のとあるガスステーションで、給油ノズルのハンドル部分に注射針が見つかった。給油のためノズルを取り、ハンドルを押すと指に刺さる仕組みで、その針にはＨＩＶの血液が塗られていた」と、何とも恐ろしい内容が綴られている。

警告文は続けて、「半年間で十七人が悪質ないたずら針の犠牲となり、そのうち八人から陽性反応が出た」と書き、運転者の命を無駄にしないため、フロリダで給油する際は注意深くガスポンプを確認するよう念を押している。

もちろん、この警告はデマである。そのような事例はただの一つも報告されておらず、おまけにジャクソンビルには警察署がなく（一九六八年に保安官事務所と統合されている）、アブラハムという警察官も保安官も実在しない。

専門家によれば、これはＨＩＶへの恐怖から生まれた噂の新しいバージョンだという。

八〇年代中期には、娼婦と（ありえないほど安い値段で）一夜を過ごした男性が、翌朝口紅で鏡に書かれた「エイズの世界へようこそ！」という文字に戦慄する話が流行した。九十年代には、映画館の座席や公衆電話の硬貨返却口に注射針が隠れていたという話が、人々に無用な不安を与えている。今回の「ガスポンプ」は、どうやらその派生らしい。

ところがこのデマは、真実になってしまった。

二〇〇七年、カリフォルニアのガソリンスタンドで、男性が給油しようとガスポンプのハンドルを握ったところ指にわずかな痛みをおぼえた。見るとハンドルには細い注射針が接着剤で付けてあったのだ。幸い針からは何の薬物も血液も検出されなかったが、男性は非常にショックを受けていると「フォックス・ニュース」は報じている。ありえないデマが愉快犯を誕生させてしまったのである。

一説によればこれらの警告チラシは、あるリサーチ会社が意図的に配布しているのだという。その目的は、紙の伝播力。電子メールなどの通信機器が災害などで使えなくなった際、アナログの情報手段がどれほど有効かを調査するために、ばらまいているというのだ。おまけにこの情報を買い取っているのは、政府機関だとの噂もある。戦争が起こった際、国内で情報を告知するためのネットワークをリサーチしているのだとか。

つまり、このようなデマのチラシが流行した際は、有事の緊張が高まっている証拠とも考えられる。この情報もデマなのか、それとも嘘のような真実なのだろうか。

未解決の謎

四つの暗号

人間は他者に考えを伝えたがる反面、秘密を隠そうともする生き物だ。そして、そんな矛盾した心理が「暗号」を誕生させた。伝えずにはおれないが、隠さなくてはいけない。かくして世界は謎に満ち、人々はその解読に翻弄される。

この章では、現在も真相が定かになっていない四つの暗号を紹介しよう。

もしかしたら、あなたが世界で最初の解読者になるかもしれない。

一八八五年、『ビール文書』と呼ばれる小冊子がアメリカで発行された。

この小冊子によれば、トマス・ビールという男が一八一八年、メキシコ領で野営をしていた際、大量の金銀を発見したのだという。ビールは掘り起こした金を安全な場所に隠し、ありかを示す暗号文を手紙三通にしたためた。やがて一八二二年、ヴァージニアのホテルに泊まったビールは、宿の主人へ暗号文の手紙が入った箱を「預かってほしい」と渡して立ち去ったきり、二度と戻る事はなかった。

箱の中身をたしかめた主人は手紙の内容に驚き、生涯を賭けて暗号を解こうと試みる。しかし努力もむなしく解読はかなわず、箱を預かってから十七年後、老齢となった主人は、知人に手紙を託してこの世を去った。この知人こそが、先の「ビール文書」の作者である（社会的影響が大きいという理由で、作者は素性をいっさい明かしていない）。

「ビール文書」には、作者なる人物が「米国独立宣言」を下敷きにして暗号文の二枚目を解号したと書かれている。しかし、判明したのは金銀の内訳と、おおまかな隠し場所だけ。行き詰まった作者は解読者を求め、これまでの経緯と残り二通の手紙を掲載した小冊子を作成したのである。

その後、数え切れないほどの人間が暗号文の解読と財宝探しに挑んだものの、現在まで残りの二通は解読されておらず、財宝も見つかっていない。

「すべてがビール文書の作者による捏造なのではないか」という説もささやかれているが、そのいっぽう現在もこの文書を信じる者は多い。人々が血まなこになるのも無理はない。なにせビールが隠した金銀は、現在の価値に換算して七億円以上だというのだから！

一八九七年、「威風堂々」などで知られる作曲家エドワード・エルガーは、妻が友人の娘ドーラへ送ろうとした手紙に一枚の紙片を挟み込ませた。この紙片には文字と思われる記号が八十七文字にわたり綴られていたが、ドーラ自身も家族も、誰も読み解ける人間はいなかった。

それからおよそ四十年後の一九三七年、回顧録を出版したドーラは、本にこの文字列を掲載。暗号は世間の知るところとなった。しかし「ドラベッラ（可愛いドーラ）」と名付けられたこの暗号、百年以上経った現在も、まったく解明されておらず、世界でもっとも難解な暗号のひとつと言われている。

事実、エルガーは重度の暗号マニアで、代表曲「エニグマ変奏曲」にも数多くの暗号を隠している。そのいくつかは愛好家によって解き明かされたものの、未解明部分も多い。また、イングランドのエルガー記念館には彼自身が書いた暗号ノートが展示されている。名作曲家が後世の人々に送りつけた挑戦状、解ける日は来るのだろうか。

こちらは、奇妙というほかない暗号の話だ。

一九四四年、イギリスのデイリー・テレグラフ紙にクロスワード・パズルが掲載された。作成者はレナードという教員で、二十年以上にわたり同紙のクロスワードを担当している人物だった。彼がこの日載せたのも、いつもと変わらぬ頭の体操のはずだった。

ところが数週間後、レナードはスパイ容疑で情報機関MI5に連行され、尋問を受けた。

驚くべき事に彼の作ったクロスワード・パズルの答えが、当時計画されていた連合軍による「ノルマンディー上陸作戦」の暗号とまったく同じだったからだ。

ひとつであれば偶然で済むが、レナードの答えには「ユタ」と「オマハ」という非常に重要な暗号がふたつ、さらにそれから二週間後のパズルには作戦名であるジュノー、オーバーロード、マルベリー、ネプチューンの四つが、答えとして用意されていたのである。

尋問の結果、MI5は「単語はどれも偶然の産物だった」との結論に達し調査を終えた。だが現在も「レナードがドイツ軍のスパイだった」と主張する者はあとを絶たない。

彼らの気持ちも理解できる。本当にすべて偶然だったとすれば、その確率は天文学的な、とうてい有り得ない数字になるのだ。

最後は、つい先日世間を賑わせた暗号について。

デイリー・メール紙が二〇一七年、ブラジルで起こった奇妙な失踪を報じている。行方がわからなくなったのはブルーノという大学生の青年。家族と夕食をとったあと、「散歩に行く」と言ったまま、突然姿を消してしまったのである。その格好はTシャツに短パンという軽装で、とうてい遠くへ行けるようなものではなかった。

数日後、いつまでも帰らない息子の身を案じた両親が手掛かりを求めて部屋に入ると、壁には奇妙な暗号らしき文字がびっしりと書かれていた。また、机の上には聖書の一節やレオナルド・ダ・ヴィンチの文章、五芒星を書いたノートが「知識の吸収と理論」という題名をつけられ、十四冊も残されていた。

さらに興味深い事に、彼の部屋からはある人物の胸像が見つかっている。

その人物はジョルダノ・ブルーノ。奇しくも失踪者と同名の哲学者で、コペルニクスの地動説を指示したため異端審問にかけられ火あぶりの刑で殺された、いわば真実を訴えて死んだ人物なのだ。ちなみに胸像は日本円で二十万円以上もする代物だった。

なぜブルーノは、そのような人物を崇拝していたのか。そもそも学生の身では買えない高価な胸像を、彼がどうやって手に入れたのか。いずれも理由はわかっていない。

地元当局の刑事は「事件の全容はあきらかにできないが、異星人の誘拐も視野に入れ、捜査を続けている」と驚きのコメントを発表した。ちなみに、部屋から見つかったノートには以下のような言葉が残されていたという。

「大人になってから、正しいと教わった事の間違いを認めるのは難しい」ブルーノ青年は、いったいどんな「間違い」に気づいてしまったのか。

その後SNS上には彼の失踪に関する専用ページが作られ、多数の協力者が暗号解読を試みている。しかし、現在にいたるまで謎は解きあかされていない。

ブルーノの消息も不明のままである。

未解決の謎

宇宙の夢は

最新鋭の惑星探査船、民間人の月旅行、未知の生命体。

宇宙には人類最後の夢がある。ロマンがある。そして、奇妙な噂がある。

一九六一年、五月二十一日。その日もイタリアのコルディィリア兄弟は、いつものように趣味のアマチュア無線を楽しんでいた。

当時は米ソが有人宇宙飛行を成功させようと躍起になっていた時期で、兄弟の無線でも、旧ソ連の宇宙探査機向け周波数や実験動物を乗せた衛星の心拍信号などが聞けたのである。

ところがその日、二人が傍受したのは、何とも奇妙な交信だった。

女性と思われるロシア語らしき言葉は、明らかに普通の様子ではない。背後では空気が漏れるような音が響いている。

何事かと息を飲みながら、二人は交信に耳を傾けた。

《……応答願います、応答願います。聞いてください！　返事を、返事をしてください！　熱いです。えっ……はい、はい……息はできますが、熱いです。この状況は大丈夫なんですか、危険ではないんですか。このままじゃ………はい……はい。どうなんです？　誰か、何か言ってください……通信を開始します。はい、熱いんです。本当に熱い、熱い、熱い、熱い……火が見えます！　火が見えるんです！　火が出ている！　熱い……ああ、落ちるんですか？　ええ、はい、はい……わかりました、再突入します。再突入します！　聞こえています！　熱い！　熱い！　熱い熱い熱い熱い……》

交信は、そこで終わる。

内容から察するに、発信元は密閉された空間で、女性は内部で火災に遭い、逃げられぬまま悲惨な最期を遂げたようにしか聞こえないが……。

この時は、いったいどのような状況か理解できなかった。幸い、交信記録は録音されていたため、兄弟は何度もその音声を確認した。

それから三日後。ソ連のタス通信が、前触れもなく以下のような発表をする。

「我が国の無人衛星が、大気圏に再突入して燃え尽きた」

この打ち上げについては事前に全く公表されておらず、目的も不明のままだった。コルディリア兄弟は確信する。この燃えた衛星こそ、声の女性が乗っていた宇宙船ではないのか。彼女は女性初の宇宙飛行士として（当時、女性宇宙飛行士は誕生していない）宇宙へ旅立ったものの、大気圏へ再突入する際に何らかのトラブルが生じ、炎に包まれてしまったのではないのか。あれは名も知らぬ彼女の「最期の声」だったのではないのか。

この秘密を広く知ってもらおうとラジオで音声を公表するや、世界中が大騒ぎになった。先に述べたように、この時点で女性宇宙飛行士は存在しなかったからだ（発表の二年後、ソ連のテレシコワが女性初の宇宙飛行に成功、「私はカモメ」の名言を残す）。本当ならば様々な意味で事件である。関係者の間で音声の真偽が議論されたものの、懐疑的な意見も少なくなかった。例えば、ソ連の宇宙飛行士が標準的に使用する識別コードや技術用語が使用されていない事、文法上にいくつか誤りが見られる事などが否定派の根拠だった。

ソ連政府も「死亡した宇宙飛行士など存在しない」と世間の疑惑を一蹴。その後は今に至るまで、何もコメントしていない。こうして謎の音声騒動は、自然と収束した。「鉄のカーテン」と称されていたソ連の見解を鵜呑みにはできないが、これ以上の証拠が出ていないのも事実である。歴史の闇に葬られ宇宙の塵と消えてしまった女性は、本当に居たのか、居なかったのか。半世紀以上を経ても、謎は明かされぬままなのだ。

コルディリア兄弟の傍受から遡《さかのぼ》る事、およそ一ヶ月前。ソ連は人類初の有人宇宙飛行に成功している。宇宙船・ヴォストーク一号に乗り込んだ飛行士の名はユーリ・ガガーリン。「地球は青かった」の名言が、現在も語り草となっている人物だ。

ところがこのガガーリンにも、奇妙な噂が付きまとっている。

有人宇宙飛行から七年後の一九六八年、パイロットとして復帰していたガガーリンは、戦闘機で飛行中に事故を起こし墜落、三十四歳の若さで亡くなった。

事故の詳細はほとんど明かされず、そのため死亡原因について様々な憶測が乱れ飛んだ。搭乗時に過度の飲酒をしていた（事実、ガガーリンは地球帰還後に酒浸りとなり、飲酒による自傷行為を起こした事もあった）説や、別な迎撃機の衝撃波に巻き込まれ操縦不能に陥ったという説、コックピットの通気口が何らかのミスで開いており、そのために酸欠で死亡した説など、英雄の死は噂の宝庫だった。中でも多くの人が信じていたのは、政治的争いに巻き込まれての暗殺説であった。

ガガーリンの死の前年、ソ連では有人宇宙船ソユーズ一号が打ち上げられている。このソユーズ一号は設計時から数々の技術的な問題が発覚していた。打ち上げの直前でさえ、二百ヶ所以上の欠陥が見つかっていたのだ。にもかかわらず当時の書記長ブレジネフは、ロシア革命五十周年の記念として、予定どおりソユーズを打ち上げるよう命令していた。それは、乗組員が生きて帰れないという意味と同義語であり、搭乗するのはガガーリンの親友、ウラジミール・コマロフだった。

ガガーリンは、ソユーズ打ち上げを中止するよう書いた嘆願書をブレジネフに宛てて送ったといわれている。この行動は、当時のソ連では極刑もやむなしの反乱だった。結局、手紙が書記長へ渡る事はなかった。その前にＫＧＢが揉み消し、内情を知る関係者を降格させたり、ひどい場合はシベリアへ送ってしまったからだ。

そしてガガーリンの不安は的中する。打ち上がったソユーズは数えきれないトラブルに見舞われ、絶望的な状況の中で大気圏突入を余儀なくされたのである。最後の望みだったパラシュートも開かず、宇宙船は秒速四十メートルの速さで地面に叩きつけられ爆発した。コマロフは大気圏突入の段階で体が炎上、溶解して死んでいたと伝えられている。

一九九八年に出版されたガガーリンの伝記によればコマロフは死の直前、自分を乗せた人々を呪い、叫んでいたという。親友の無残な死を知ったガガーリンがブレジネフへ直接抗議に行ったという話もあるが、真偽のほどは定かではない。いずれにせよ、この事故がブレジネフのプライドを著しく傷つけ、ガガーリンが逆恨みされていた可能性は高いのだ。それゆえ人々は、彼の奇妙な死が人為的なものではないかと疑ったのである……。

時を経て二〇一一年。ガガーリン死亡の原因を調査した当時の報告書が公開された。報告書には「事故は気球または鳥と衝突を避けようとした結果である」と記載されていた。

しかし、事故の調査委員会に参加していたガガーリンの同僚、レオーノフはこの結論を否定している。レオーノフの証言として記されていた内容が、どれも捏造だったからだ。政府の公的文書でさえ真実を闇に葬っていたのである。

国家の名誉のために英雄さえも真実を隠蔽される。その事実を知ると、先に述べた女性飛行士の死も、単なる噂とは思えなくなってしまう。宇宙の夢は、あまりにも罪深い。


おしまいくらいは、ロマンチックな話で終わろう。

二〇一七年十月、ハワイ大学の天文学研究所が、観測中に未知の天体を発見した。この天体の軌道を分析したところ、何と太陽系の外から飛来した事が判明。しかも、当初は彗星だと思われていた天体は、どれだけ観測しても彗星特有のガス噴射による尾が見られなかった。つまり、世界で初めて観測された「太陽系外からの小惑星」だったのである。

天文学者たちが驚いたのは、それぱかりではなかった。「オウムアムア」と名付けられたこの天体は長さおよそ四百メートル、幅およそ四十メートルという、まるで葉巻のように細長い形をしていたのだ。このような形の惑星など、それまでの常識ではありえなかった。

さらに調査したところ「オウムアムア」は異様なほど光沢を持った物体である事も発覚。表面の光の反射率が、太陽系の彗星の十倍も高い可能性が出てきたのである。彗星よりも輝く物質など、これまで一度も発見されていない。何から何まで常識外な小惑星の登場に、天文学会は色めき立った。

そんな中、ハーバード大学のエイブラハム・ローブ教授が「オウムアムアは、他惑星の生命体が人工的に作った小型宇宙船の可能性が高い」という、信じがたい論文を発表する。

すなわち、葉巻型惑星は宇宙人のＵＦＯかもしれないというのだ。

教授が根拠として挙げたのは、この天体の持つ奇妙な推進力だった。

先述したように「オウムアムア」からはガス噴射が確認できていない。にもかかわらず減速した形跡がなく、おまけに移動速度が変化しているのだ。軌道に乗ったまま移動しているだけだとすれば、この速度変化は説明がつかない。そのため彼は「オウムアムアには加速機構が備わっているのでは」と推測したのである。

教授によると「オウムアムア」には太陽の光を薄い膜で反射して加速する、帆のよように、太陽光を使って宇宙を旅する高度なテクノロジーの産物ではないかとローブ教授は言う。

事実、研究チームが「太陽光で恒星を移動できる物体の形状や厚さ」を算出したところ、一ミリ以下の物体でも可能である事が判明した。理論上は、「オウムアムア」の大きさならソーラーセイルで自由に宇宙を飛べると立証されたのだ。

この報告と前後し、宇宙人探査組織「ブレイクスルー・リッスン」が、バージニア州の望遠鏡を使って「オウムアムア」が発した電波信号の有無を調べている。もしも人工的な信号が返ってくれば、葉巻型惑星がUFOである決定的な証拠が得られる。

残念ながら、戻ってきたデータに人工的な箇所は見つからなかった。それでも「ブレイクスルー・リッスン」やローブ教授は落胆していない。彼らは「オウムアムアは、役割を終えた〈幽霊船〉なのかもしれない」と考えている。仮に電波信号が出ていなくとも、通常の惑星では説明できない事柄が多すぎるからだ。

残念ながら「オウムアムア」はすでに地球からはるか彼方に遠ざかってしまったため、観測できる機会は二度と訪れない。天文学最大の謎が解明される日は、もう来ない。

最後に、この「オウムアムア」という名称の説明をしておこう。

「オウムアムア」は、ハワイの言葉で斥候（敵の軍を監視するため差し向けられる兵）や偵察者を意味するのだという。世紀の発見となる惑星にしては、あまりにも不穏な名前のように思えないだろうか。素直に受け取るなら、「オウムアムア」は何かを監視するために差し向けられた偵察機という事になる。

ならば監視対象はいったい何なのか。もし人類を監視するのが目的ならば、送り込んだのは何者なのか。そして、どこの誰が「オウムアムア」は偵察機であると判断したのか。もしかして、公には伝えられていない事実があるのか。

全ては謎のままだ。

実録都市伝説～世怪ノ奇録

2019年2月4日　初版第1刷発行

監修　黒木あるじ
著者　鈴木呂亜
デザイン　橋元浩明(sowhat.Inc.)
企画・編集　中西如(Studio DARA)
発行人　後藤明信
発行所　株式会社 竹書房
〒102-0072 東京都千代田区飯田橋2-7-3
電話03(3264)1576(代表)
電話03(3234)6208(編集)
http://www.takeshobo.co.jp
印刷所　中央精版印刷株式会社

定価はカバーに表示しています。
落丁・乱丁本の場合は竹書房までお問い合わせください。

ISBN978-4-8019-1742-2 C0193